STECKBRIEF

Name:
Bob Andrews

Alter:
10 J

Adresse:
Rocky Beach

was ich mag:
Musik hören, ins Kino gehen,
in Büchereien stöbern, Cola

was ich nicht mag:
für Tante Mathilda aufräumen,
Spinnen

was ich mal werden will:
Reporter
und Detektiv

Kennzeichen:
rotes ?

CKBRIEF

Shaw

Jahre

: Beach

Aathletik

lda auf-
ufgaben

ktiv

hen

Dieses Buch gehört:

Name:

Alter:

Adresse:

Schatz aus dem All

Erzählt von Ulf Blanck

Mit Illustrationen von Steffen Gumpert

KOSMOS

Umschlag- und Innenillustrationen von Steffen Gumpert, Berlin
Umschlaggestaltung: Sigrid Walter, Würzburg

»Schatz aus dem All« ist der 88. Band der Reihe
»Die drei ???® Kids«.

Unser gesamtes lieferbares Programm und
viele weitere Informationen zu unseren Büchern,
Spielen, Experimentierkästen, Autoren
und Aktivitäten findest du unter **kosmos.de**

Gedruckt auf chlorfrei gebleichtem Papier

ISBN: 978-3-440-17228-5
Lektorat: Cordula Gerndt
Redaktion: Susanne Stegbauer
Produktion: DOPPELPUNKT, Stuttgart
Druck und Bindung: Finidr, s.r.o., Český Těšín
Printed in Czech Republic / Imprimé en République tchèque

Die drei ???® Kids
»Schatz aus dem All«

Eine Million!

An diesem Samstagmittag war nicht viel los in Rocky Beach. Wie so oft hatten sich Justus, Peter und Bob am Marktplatzbrunnen verabredet. Sie kamen fast gleichzeitig an und stellten ihre Räder ab. Munter plätscherte Wasser aus der Bronzestatue ins Brunnenbecken. Bob hielt seine Hand unter den Strahl und kühlte damit sein Gesicht. »So heiß war es lange nicht mehr«, stöhnte er. »Zum Glück hat Fred Fireman immer genug Wasser.« Die Figur am Brunnen zeigte den tapferen Feuerwehrmann, der einst Rocky Beach vor einem verheerenden Brand bewahrt hatte. Jeder in der Stadt kannte die heldenhafte Geschichte.

Justus nahm einen großen Korb von seinem Gepäckträger und zeigte auf das Geschäft von Mr Porter. »Wir sollten den Einkauf für Tante Mathilda schnell hinter uns bringen, Kollegen. Für das Restgeld dürfen wir uns ein Eis bei Giovanni kaufen.« Gut gelaunt ging Peter voran. »Worauf warten wir dann noch? Ein Eis ist bei der Hitze das Beste, was ich mir vorstellen kann.«

Im Laden von Mr Porter war es für einen Samstag erstaunlich leer. Der geschäftstüchtige Kaufmann stand hinter seiner Kasse und begrüßte sie. »Hallo, Jungs! Bitte beeilt euch mit dem Einkauf, denn ich mache gleich zu.«

Justus sah ihn mit großen Augen an. »Moment! Es ist gerade erst Mittag. Wieso wollen Sie jetzt schon Ihr Geschäft schließen?!«

Mr Porter band sich seine weiße Schürze ab. »Ja, das gab es in den letzten zwanzig Jahren tatsächlich noch nie. Aber heute kommt keiner mehr.«

»Das verstehe ich nicht«, wunderte sich Peter und sah sich um. »Normalerweise ist Ihr Laden doch am Samstag um diese Zeit brechend voll.«

»Das stimmt, aber dieser Tag ist ja alles andere als normal. Lest ihr denn keine Zeitung?« Mit diesen Worten deutete Porter auf den Zeitungsständer neben der Eingangstür.

Neugierig schnappte sich Bob eine der verbliebenen Wochenendausgaben. Riesengroß prangte eine Zahl auf der Titelseite: 1.000.000. »Eine Million!«, rief Bob. Peter kam zu ihm. »Eine Million Dollar, oder was? Worum geht es da genau?« Bob überflog den Artikel. »Um eine Art Schatzsuche. Irgendein Verrückter hat angeblich einen wertvollen Schatz versteckt, und der Finder darf ihn behalten. Man muss nur ein paar Rätsel lösen.«

Das war das Stichwort für Justus. »Eine Schatzsuche mit Rätseln? Das klingt ja wie Weihnachten für die drei ???. Lies weiter, Bob!«

Doch in diesem Moment wurde er von Mr Porter unterbrochen. »Nichts da! Erstens ist das hier keine öffentliche Bibliothek, und zweitens will ich endlich meinen Laden abschließen. Wenn ihr noch was einkaufen wollt, dann beeilt euch!«

Hektisch arbeiteten die drei Detektive die lange Einkaufsliste von Tante Mathilda ab. Kurz darauf war der Korb randvoll, und Justus legte einen Geldschein auf den Tresen. Eilig ließ der Kaufmann diesen in der Kasse verschwinden und gab Justus das Wechselgeld zurück. »So, jetzt aber raus hier. Die Zeitung könnt ihr behalten, denn morgen kauft sie mir sowieso keiner mehr ab. Nichts ist so wertlos wie die Zeitung von gestern.«

Kurz darauf standen sie alle draußen, und Mr Porter schloss die Ladentür ab. »Jetzt wisst ihr auch, warum niemand in meinem Geschäft ist. Die halbe Stadt ist unterwegs und will den Schatz finden. Und ich bin natürlich auch dabei, denn die Million lasse ich mir nicht entgehen.«

Die drei Jungen sahen dem Kaufmann hinterher,

wie er schnurstracks in seinen Transporter stieg und mit durchdrehenden Reifen davonfuhr. Peter tippte sich an die Stirn. »Anscheinend werden alle in der Stadt bei der Aussicht auf eine Million Dollar verrückt. Hauptsache, Giovanni ist nicht auch verschwunden.«

Das Eiscafé von Giovanni befand sich auf der gegenüberliegenden Seite des Marktplatzes. Auch hier war es für einen Samstag ungewöhnlich leer. »Ciao, Bambini, was darfe de liebe Giovanni euch in de Waffel drücken?«, fragte der Eisverkäufer. Doch gerade, als die Freunde ihre gewohnte Bestellung aufgeben wollten, winkte Giovanni ab. »Leider ist die Auswahl heute piccolo, klein. Nur noch Erdbeere und Nugat.«

»Wollen Sie etwa Ihr Eiscafé heute auch früher schließen?«, wunderte sich Justus.

Giovanni nickte. »Ihr habt wohl nix gelesen Zeitung, oder? Ganz Rocky Beach ist auf Schatzsuche. Klarer Fall, bei einer Million Dollar. Und ich bin natürlich auch dabei. Ihr seid meine letzten Gäste.«

Giovanni reichte den drei Jungs die kleinen Be-
cher. »Buon appetito! Esst in Ruhe auf, ich schließe
währenddessen mein Café. Und zur Feier des Tages braucht ihr nix zu bezahlen. De Eis ist Geschenk
von Giovanni.«

Peter tauchte seinen Löffel ins Eis. »Dann ist an
der Geschichte anscheinend was Wahres dran.
Wirklich verrückt.« Bob hatte in der Zwischenzeit
ein wenig weiter in der Zeitung gelesen. »Verrückt
ist gar kein Ausdruck. Ein gewisser Forrest Fender

hat diesen wertvollen Schatz versteckt. Worum es sich dabei handelt, hat er nicht gesagt. Nur so viel, dass der Schatz eine Million Dollar wert ist. Dieser Fender soll ein reicher Aktionskünstler aus Los Angeles sein. Keine Ahnung, was so ein Mensch macht.«

Justus blickte nun auch in die Zeitung. »Die Geschichte ist wirklich verrückt. Und spannend. Hier ist sogar das erste Rätsel abgedruckt, das einen Hinweis auf den Schatz geben soll: *Es klingt wie ein Zwerg, doch es ist viel größer. Dort liegen der Anfang und das Ende.*«

Lange brauchten die drei Detektive nicht zu überlegen, Peter hatte schnell eine Idee. »Was klingt wie ein *Zwerg* und ist viel größer? Klarer Fall: ein *Berg*. Dort wird Fender seinen Schatz versteckt haben. Da ist dann der Anfang der Suche und auch das Ende.« Bob nickte aufgeregt. »Und bei uns in der Nähe liegen die Magic Mountains. Das muss die Lösung des Rätsels sein. Leichter geht's ja gar nicht.« Justus knetete nachdenklich seine Unterlippe. »Das ist wirklich leicht. Für meinen Geschmack *zu* leicht. Immerhin geht es um einen wertvollen Schatz. Kein Wunder, dass halb Rocky Beach dieses Rätsel erraten hat und sich auf den Weg macht.«

Peter wischte sich den Mund mit einer Serviette ab. »Also, so leicht wird die Schatzsuche nicht sein. Die Magic Mountains sind riesig. Da muss es noch mehr Hinweise geben, denn sonst hat man keine Chance, etwas zu finden. Steht da noch etwas in der Zeitung, Bob?«

»Ja, eine ganze Menge. Hier ist sogar ein Foto von Forrest Fender abgedruckt. Das muss man sich alles einmal in Ruhe durchlesen.«

In diesem Moment fiel Justus' Blick auf den prall gefüllten Einkaufskorb. Obendrauf lag ein Päckchen Butter, das langsam die Form verlor. »Mist, bei der Hitze schmilzt die Butter, und der Rest muss auch in den Kühlschrank. Mit Tante Mathilda möchte ich mich nicht anlegen. Los, wir fahren schnell zurück zum Schrottplatz.«

Rätselhafte Schatzsuche

Eilig schwangen sich die drei ??? auf ihre Räder und ließen den Marktplatz hinter sich. Das Titus Jonas Gebrauchtwarencenter befand sich etwas außerhalb der Stadt. Justus, Peter und Bob radelten die Küstenstraße entlang, und schon bald erblickten sie den hohen Bretterzaun des Schrottplatzes. Als sie durch das große Tor fuhren, rief ihnen Tante Mathilda von der Veranda aus entgegen: »Da seid ihr ja endlich! Ich wollte schon Titus nach euch suchen lassen. Habt ihr alles bekommen?« Justus schnappte sich den Korb mit den Einkäufen und versteckte die matschige Butter unter einer Packung Salzbrezeln. »Ja, bei Porter gab es wie immer alles. Ich verstaue die Sachen schnell im Kühlschrank.«

Zum Glück fragte Tante Mathilda nicht weiter nach. »Ich danke euch, Jungs«, sagte sie, als Justus aus der Küche zurückkehrte. »Ich kam einfach nicht zum Einkaufen, denn ich muss die Buchhaltung für unseren Wertstoffhandel machen. Es gab diesen Monat schon wieder so viele Rechnungen, dabei sparen wir bereits an jeder Ecke. Selbst die Zeitung habe ich abbestellt.«

In diesem Moment kam Onkel Titus aus seinem Schuppen mit Lieblingsschrott. »Ja, es ist zurzeit ein Trauerspiel. Die Leute kaufen lieber neue Sachen und werfen alles Kaputte einfach weg. Gerade eben habe ich einen Toaster vor der Schrottpresse gerettet. Ich brauchte ihn nur ein wenig zu säubern und schon funktionierte er wieder tadellos. Die Zeitung können wir uns tatsächlich sparen, denn die bekomme ich immer vom Nachbarn einen Tag später geschenkt. Und falls die Welt plötzlich untergehen sollte, dann werde ich das auch so früh genug erfahren.«

Justus setzte sich auf einen der Stühle und legte die aktuelle Zeitung auf den Tisch. »Dann habt ihr auch nichts von der Schatzsuche mitbekommen, oder? Von der Million. Hier steht alles drin.«

Jetzt zeigte sich sein Onkel doch interessiert und

griff nach der Zeitung. »Moment! Eine Million Dollar?! Seht euch mal diese Zahl an. Sechs Nullen! Ich habe nicht einmal so viele Schrauben auf meinem Schrottplatz — äh, in meinem Wertstoffhandel.«
Bob berichtete nun von der rätselhaften Schatzsuche des Aktionskünstlers Fender. »Und das erste Rätsel haben wir schon gelöst. Wir sind uns sicher, dass der Schatz in den Magic Mountains versteckt

ist.« Tante Mathilda sah Bob mit großen Augen an. »Irgendwo in den Bergen? Da findet man ja leichter eine Nadel im Heuhaufen. Wer macht denn so was? So ein Unsinn!«

»Sag das nicht«, unterbrach sie Onkel Titus. »Es gab mal eine Frau, die hat ihr gesamtes Vermögen vor ihren Erben in einer Höhle versteckt. Es waren zehn wertvolle Diamanten.«

»Glitzernde Diamanten in einer dunklen Höhle?«, wunderte sich Peter. »Die findet man aber leicht.«

»Das stimmt«, fuhr Onkel Titus fort. »Aber es war keine normale Höhle, sondern eine Eishöhle mit funkelnden Eiskristallen. Schließlich hat man die Diamanten doch entdeckt. Und zwar durch einen Trick, den ihr niemals erraten werdet.«

Justus knetete nachdenklich seine Unterlippe. Plötzlich schnippte er mit den Fingern. »Ich hab's! Die haben Heizöfen in die Höhle gestellt. Das Eis ist nach einer Weile geschmolzen, und dann brauchten sie die Diamanten nur noch einzusammeln.«

Sein Onkel war beeindruckt. »Nicht schlecht, Justus. Genau so war es. Vielleicht solltet ihr euch auch an der Schatzsuche beteiligen?«

»Natürlich sind wir dabei!«, rief Bob. »Wir müssen nur in der Zeitung nach einem weiteren Hinweis suchen. Ich wette, dieser Forrest Fender hat irgendwo noch eine Nachricht versteckt.«

Gemeinsam lasen sie nun konzentriert den Zeitungsartikel ganz durch. Sie erfuhren, dass der Künstler immer wieder durch spektakuläre Aktionen auf sich aufmerksam machte. So hatte er zum Beispiel an verschiedenen Orten auf der Welt meterhohe Säulen aus Stahl aufgestellt. Dies geschah im Geheimen, und viele Menschen glaubten an Außerirdische. Außerdem gab es kleine Gemälde an Hauswänden, bei denen vermutet wurde, dass Forrest Fender dahintersteckte.

Tante Mathilda hatte mittlerweile für alle Eistee auf die Veranda gebracht und setzte sich dazu. Bei einer Stelle im Zeitungsartikel stutzte sie. »Seltsam, dieser Fender schreibt, dass er 1967, im Jahr

der ersten bemannten Mondlandung, geboren wurde.« Ihr Mann nahm einen Schluck Eistee. »Was ist daran seltsam, Mathilda?«

»Weil die erste bemannte Mondlandung 1969 stattfand. Also zwei Jahre später. Der hat sich vertan.«

Plötzlich schüttelte Justus den Kopf. »Nein, Fender hat sich nicht vertan. Genau das ist der Hinweis, den wir gesucht haben. Schnell, ich brauche eine Landkarte von unserer Gegend hier in Kalifornien.«

Kurz darauf kam Onkel Titus mit einer gefalteten Karte zurück. »Hier, Justus. Aber ich verstehe immer noch nicht, was du vorhast.«

»Das wirst du gleich sehen, denn wenn wir Glück haben, dann finden wir in der Landkarte der Magic Mountains diese Zahl wieder. Los, sucht nach einer 1967! Ich habe da so einen Verdacht ...«

Bob strich mit seinem Finger über die eingezeichneten Höhenlinien. Dann ballte er plötzlich die Faust. »Da! Hier haben wir es! Der Gipfel des Mac Peterson Peak ist genau 1.967 Meter hoch. Das kann kein Zufall sein.«

»Richtig, Bob. Und wir ihr wisst, glaube ich nicht an Zufälle. Ich bin mir sogar ganz sicher: Am Gipfel des Mac Peterson Peak hat Forrest Fender etwas versteckt.«

Onkel Titus war sprachlos. »Verrückt, aber vielleicht ist das tatsächlich des Rätsels Lösung. Auf jedem Berg steht normalerweise ein Gipfelkreuz. Was wäre, wenn dort der Schatz zu finden ist?«

Justus nickte. »Oder zumindest ein weiterer Hinweis. Doch wenn wir uns das nicht genauer ansehen, werden wir es nie herausfinden. Tante Mathilda! Onkel Titus! Es ist Wochenende, lasst uns auf Schatzsuche gehen. Was sagt ihr dazu?«

Sein Onkel runzelte die Stirn. »Tja, warum eigentlich nicht. Ich könnte euch hinfahren, und wir machen einen Wanderausflug. Natürlich müssten wir vorher alle Eltern fragen.« Peter hob den Daumen und grinste. »Meine Eltern haben garantiert nichts dagegen. Hauptsache, die beiden wollen am Ende nicht mit.« Bob musste auch lachen. »Bei meinen ist es genauso, die werden mir das auch erlauben. Immerhin steigen wir nur auf einen Berg und reisen nicht zum Mond.«

Schließlich war auch Tante Mathilda einverstanden. »Na schön. Dann seid ihr wenigstens an der frischen Luft und langweilt euch nicht im Zimmer, Jungs. An den Schatz glaube ich aber erst, wenn ich ihn sehe. Ihr müsst allerdings ohne mich fahren, denn ich habe noch mit der Buchhaltung zu tun. Aber ich werde euch reichlich Proviant einpacken. Und Titus, pass mir auf, dass die drei keine Dummheiten machen.«

»Ach was, kleine Dummheiten haben noch nie geschadet. Gleich morgen früh geht es los. Ich muss noch meinen Pick-up volltanken und ein paar Dinge erledigen.«

Justus war begeistert. »Cool! Auf zur Schatzsuche!«

Die erste Etappe

Peter und Bob bekamen, wie erhofft, die Erlaubnis ihrer Eltern. Sehr früh am Sonntag trafen sich alle auf der Veranda wieder. Onkel Titus und Tante Mathilda hatten ein kräftiges Frühstück vorbereitet und natürlich durfte der berühmte Kirschkuchen nicht fehlen. Tante Mathilda war gerade dabei, einen Rucksack mit dem Proviant zu packen. »Das ist das Wichtigste bei einer Expedition: Essen und Trinken. Passt bitte auf euch auf, und vielleicht könnt ihr ja dann über eure Erlebnisse einen Aufsatz für die Schule schreiben.«

Onkel Titus grinste sie an. »Anscheinend glaubst du noch immer nicht so richtig an den Schatz. Aber keine Angst, ich werde schon auf die drei Jungen aufpassen. Oben in den Bergen gibt es keinen Mobilfunkempfang. Darum habe ich einen Rucksack mit zwei Funkgeräten und einem Transistorradio gepackt.« Justus schnappte sich den Rucksack mit dem Proviant. »Den trage ich. Der wird nämlich

24

nach und nach immer leichter.« Peter musste lachen. »Und wenn *du* ihn trägst, dann wird er besonders schnell leichter, Just. Ich nehme dann den Rucksack mit der Ausrüstung.« In Bobs Rucksack verstauten die drei Freunde schließlich noch Kleidung zum Wechseln und alles Weitere, was man für eine abenteuerliche Schatzsuche gebrauchen konnte.

»Okay«, rief Onkel Titus, »dann sind wir startklar. Der Pick-up ist aufgetankt, und das Wetter scheint auch mitzuspielen. Wir müssen uns beeilen, denn schließlich haben fast alle anderen Schatzsucher einen Tag Vorsprung.«

»Und wenn ihr die Million gefunden habt, dann gebt nicht gleich alles bei Giovanni aus«, rief ihnen Tante Mathilda lachend hinterher, als der Pick-up durchs große Tor rollte.

»Für eine Million Dollar Eis kaufen?« Peter versuchte sich vorzustellen, wie viele Eiskugeln das wären. »Ein ganzer Berg, auf dem man Schlitten fahren könnte«, grinste er dann.

Gut gelaunt bogen sie auf die Küstenstraße ein. Die drei ??? saßen dicht gequetscht neben Onkel Titus und hatten sich die auseinandergefaltete Landkarte auf den Schoß gelegt. »Ich denke, wir brauchen gut zwei Stunden bis zum Mac Peterson Peak«, sagte Justus' Onkel. »Die befestigte Straße führt leider nicht ganz hinauf bis zum Gipfel. Das letzte Stück geht es dann zu Fuß weiter. Aber ich werde euch etwas verraten. Erzählt es bloß nicht Mathilda. Könnt ihr schweigen?«

»Klar, Onkel Titus. Nun sag schon!«, hakte Justus neugierig nach.

»Den Weg nach oben müsst ihr allein machen, denn anstrengende Wanderungen sind nicht so mein Fall. Weiter unten soll es einen Parkplatz mit einem guten Gasthaus geben. Dort warte ich auf euch und mache es mir solange gemütlich. Über die Funkgeräte bleiben wir aber immer in Kontakt.«

Justus zog aus dem Rucksack mit der Technik, den er vor seine Füße gestellt hatte, die Funkgeräte heraus. »Wir schweigen wie ein Grab. Es ist tatsächlich besser, wenn sich Tante Mathilda keine Sorgen machen muss. Aber zur Sicherheit checke ich mal die Geräte.« Mit diesen Worten schaltete er beide Funkapparate an und gab eines davon weiter an Bob. »Eins, zwei, drei, Check. Bob, hörst du mich?«

»Natürlich höre ich dich, Just. Wir sitzen nebeneinander im Auto.«

»Weiß ich, aber hörst du mich auch durchs Funkgerät?«

Aus dem kleinen Lautsprecher schnarrte und rauschte es. »Check, Test, Test.«

»Ja, Just. Ich höre dich von allen Seiten. Die Dinger funktionieren.«

Nach einigen Kilometern bogen sie von der Küstenstraße ab und fuhren weiter ins Landesinnere. Schon bald konnte man in der Ferne die Umrisse der Magic Mountains erkennen. Die hohen Bergketten erstreckten sich bis zum Horizont. Peter blickte aus dem Seitenfenster. »Das ist wirklich schlimmer als eine Nadel im Heuhaufen. Ohne

Hinweis werden wir hier niemals einen Schatz finden.«

»Aber zum Glück haben wir einen«, sagte Justus. Dabei beugte er sich nach vorn und tippte mit dem Zeigefinger auf die Landkarte. »Hier am Mac Peterson Peak werden wir erfahren, ob die Geschichte mit der versteckten Million wahr ist.«

Die nächste halbe Stunde ging es in engen Kurven den Berg hinauf. Dabei hatte der alte Pick-up von Onkel Titus alle Mühe, die steilen Straßen zu erklimmen. »Mein Wagen ist leider keine Bergziege. Ich hoffe, der Motor macht mit.« Plötzlich deutete Peter auf ein entgegenkommendes Fahrzeug. »He! Das ist doch der Eiswagen von Giovanni. Ich wette, der hat die Schatzsuche schon aufgegeben.«

Schließlich erreichten sie einen großen Parkplatz, und hier endete auch die Straße. Er war überfüllt mit Autos und einigen Wohnmobilen. Bob machte eine Entdeckung. »Da vorne steht ein Übertragungswagen einer Radiostation. Die Sache mit der Schatzsuche hat sich wie ein Lauffeuer herumgesprochen.«

»Wahrscheinlich sind das alles Schatzsucher, die sich auf den Weg gemacht haben«, vermutete Justus. Hoffentlich kommen wir nicht zu spät.«

Sein Onkel parkte den Pick-up und stellte den Motor ab. »Da mache ich mir keine Sorgen, Justus. Denn wenn jemand den Schatz gefunden hätte, dann wären die Leute hier schon wieder verschwunden. Die werden alle in den Wäldern herumirren und von der Million träumen.«

Aufgeregt stiegen sie aus, und jeder schnappte sich seinen Rucksack. »Und du willst wirklich nicht mitkommen?«, fragte Justus seinen Onkel.

»Nein, das ist ein ganz schön weiter Weg bis zum Gipfel, und leider gibt es hier keinen Fahrstuhl. Ich werde es mir dort hinten im Gasthaus gemütlich machen und auf euch warten. Und wie gesagt: Wenn irgendetwas ist, dann funkt mich an. Ich lasse mein Funkgerät immer angeschaltet. Passt auf euch auf und kommt mit der Million zurück. Und falls ihr den Schatz nicht findet, auch kein Problem. Das Abenteuer kann euch keiner mehr nehmen.« Die drei ??? verabschiedeten sich und marschierten los. Eine Weile winkte Onkel Titus ihnen noch hinterher. Die Schatzsuche hatte begonnen.

Am Gipfelkreuz

Der schmale Pfad war steil und bestand aus Schotter und Unkraut. Justus nahm einen Schluck aus seiner Wasserflasche. »Hier kommt man tatsächlich nur zu Fuß hoch«, schnaufte er. »Aber leicht wird das nicht.« Peter hingegen hatte keine Probleme, denn er war der Sportlichste der drei Freunde. »Just, denk nicht so viel nach. Einfach weiterlaufen.« Bob ging in der Mitte und hatte die Landkarte in der Hand. »Auf jeden Fall können wir uns hier nicht verlaufen, denn es gibt nur einen einzigen Weg zum Gipfel hinauf.«

Es war immer noch früh am Morgen, und zum Glück stand die Sonne noch recht flach am Himmel. Der Berg war bewachsen mit trockenem Buschwerk und kargen Kiefernwäldern. Hoch am Himmel kreisten einige Greifvögel. Zum Schluss wurde der Pfad immer steiler, doch schließlich hatten sie es geschafft. Die drei ??? erreichten den Gipfel des Mac Peterson Peak. »Da sind wir«, rief Peter und zeigte auf das große Gipfelkreuz aus Holz. »War doch ein Kinderspiel, oder?«

Justus lief der Schweiß übers Gesicht. »Dass Leute das freiwillig machen. Ich sehe keinen Sinn darin.« Doch als er seinen Blick schweifen ließ, änderte er seine Meinung. Von hier oben konnten sie über die vielen Gipfel der Magic Mountains blicken, und man spürte die Erhabenheit der Berge. Weiter im Westen war der Pazifik zu sehen, der am Horizont eins mit dem Himmel wurde. Über ihnen strahlte der Himmel leuchtend blau.

Bob ging auf das Gipfelkreuz zu. »Nun schaut euch das an, Kollegen! Hier sieht es aus, als hätten Maulwürfe den Boden durchwühlt. Alles ist voller Löcher.« Peter kam auch dazu. »Klar, das waren unsere Konkurrenten. Wir sind eben nicht die Einzigen, die das Rätsel mit dem falschen Mondlandungsjahr gelöst haben. Wahrscheinlich haben die anderen gleich mit der Schatzsuche angefangen. Schätze sind ja meistens vergraben. So liest man es zumindest in den Büchern.«

»Aber ganz ausschließen können wir so eine Kiste nicht«, entgegnete Bob. »Vielleicht sind wertvolle Münzen darin? Bündelweise Geldscheine? Oder Diamanten im Wert von einer Million Dollar?«

»Für Diamanten würde schon ein kleiner Beutel genügen«, überlegte Peter. »Aber stellt euch vor, Fender hätte die Million in Ein-Cent-Münzen hier in den Bergen versteckt. Dann müsste man den Schatz mit einem Lastwagen abtransportieren.«

Justus interessierte sich mehr für das Gipfelkreuz. Es war über drei Meter hoch und bestand aus Holz. Überall waren Namen, kleine Herzchen und Jahreszahlen eingeritzt. »Womöglich hat Fender hier seinen nächsten Hinweis hinterlassen. Jede Zahl und jeder Buchstabe könnten eine Bedeutung haben.«

»Kein schlechter Platz für ein Rätsel«, stimmte ihm Bob zu. »Man versteckt den Hinweis wie einen Stein in der Steinwüste. Aber wo soll man anfangen zu suchen?«

Peter stellte sich auf die Fußspitzen. »Ganz da oben sind auch noch Sachen eingeritzt. Von hier unten kann man das aber nicht erkennen. Justus! Bob! Macht mir mal eine Räuberleiter.«

Seine beiden Freunde zögerten nicht lange, und kurz darauf kletterte Peter mit ihrer Hilfe in die Höhe. »Und? Kannst du was entdecken?«, stöhnte Bob unter der Last.

»Nein, nur Herzchen, Zahlen und Namen. He! Das glaubt ihr nicht! Skinny Norris hat sich hier verewigt.« Justus sackte langsam unter dem Gewicht seines Freundes zusammen. »Peter, das interessiert mich nicht. Wahrscheinlich hat er als Kind mit seinem Vater mal einen Ausflug hierher gemacht. Ist denn da sonst nichts, was dir auffällt?« Peter stieg nun den beiden auf die Schultern. »Moment, ganz oben sehe ich tatsächlich etwas Ungewöhnliches.«

»Nun mach es nicht so spannend!«, keuchte Bob.

»Da hat jemand ein kleines Ziffernblatt eingeritzt. Sieht aus wie eine Uhr. Sie zeigt halb neun an.«

»Sehr gut«, stöhnte Justus. »Komm wieder runter, sonst knicken mir die Knie weg. Eine Uhr ist besser als nichts.« Doch Peter kletterte nicht, sondern sprang. Geschickt rollte er sich am Boden ab und stand schnell wieder auf. »Wollt ihr euch das auch einmal anschauen?« Bob schüttelte den Kopf. »Nein, lieber nicht. Du bist schon schwer genug, aber für Justus reicht keine Räuberleiter mehr.«

»Sehr witzig!«, entgegnete dieser. »Ich wiege im Übrigen genauso viel wie Peter. Nur bin ich eben einen halben Kopf kleiner.«

Anschließend setzten sie sich alle drei auf den Boden, und Justus verteilte die Wasserflaschen. »Wir müssen mit dem arbeiten, was wir haben. Ein Gipfelkreuz, in welches ein Ziffernblatt eingeritzt wurde. Womöglich hat es nichts Besonderes zu bedeuten, aber es ist unser einziger Hinweis.« Peter blickte in die aufsteigende Sonne. »Vielleicht hat ein Wanderer um diese Zeit den Gipfel erklommen.

Genauso wie wir. Jetzt müsste es auch ungefähr halb neun sein.« Dann nahm er einen Schluck Wasser und stellte die Flasche auf dem Boden ab. Plötzlich sprang Justus auf. »Freunde, das ist es! Seht euch die Wasserflasche an!« Bob rückte seine Brille gerade. »Was soll daran interessant sein, Just?«

»Nicht die Flasche, sondern der Schatten, den sie wirft. Dieser zeigt in eine bestimmte Richtung. So wie der Schatten des großen Gipfelkreuzes. Das Ganze funktioniert wie eine riesige Sonnenuhr. Über den Tag hinweg wandert die Sonne von Osten nach Westen über den Himmel, und die Lage des Schattens verändert sich.«

Peter war beeindruckt. »Jetzt um halb neun zeigt uns das Gipfelkreuz eine ganz bestimmte Richtung an. Wie ein Pfeil. Das muss der nächste Hinweis von Forrest Fender sein.«

Aufgeregt holte Bob einen Kompass aus seinem Rucksack. Dieser gehörte zur Standardausrüstung der drei Detektive. »Das ist genial. Jetzt müssen wir schnell diese Richtung festhalten, denn der

Sonnenstand verändert sich von Minute zu Minute.« Anschließend richtete Bob den Kompass nach Norden aus. »Also, ich hab's. Der Schatten zeigt in Richtung Westen und liegt genau bei 285 Grad. Diese Zahl müssen wir uns merken.«

Justus holte zufrieden Luft. »Kollegen, ich glaube, wir sind einen großen Schritt weitergekommen. Das zweite Rätsel der Schatzsuche ist gelöst. 285 Grad — das ist die Richtung, in die wir gehen müssen.«

Alte Bekannte

Voller Tatendrang packten die drei ??? ihre Wasserflaschen ein, und Peter sah sich dabei nervös um. »Hauptsache, uns beobachtet niemand. Ich kann mir vorstellen, dass nicht viele dieses Rätsel gelöst haben.«

»Ja, du hast recht«, pflichtete ihm Justus bei. »Wir sollten ab jetzt vorsichtig sein. Jeder Schatzsucher kämpft für sich, und bei einer Million werden nicht alle fair spielen.«

»Aber was wäre, wenn tatsächlich schon jemand den Schatz gefunden hat und nur wir wissen es noch nicht?«, überlegte Bob. »Dein Onkel hat uns doch so ein altes Transistorradio eingepackt. Vielleicht wird ja über die Schatzsuche berichtet.«

Peter wühlte aus seinem Rucksack das kleine Radio heraus. »Warum nicht? Einen Versuch ist es wert. Wir haben unten auf dem Parkplatz ja den Übertragungswagen von einer Radiostation gesehen.« Er schaltete das Gerät ein. Ein grelles Pfei-

fen war zu hören. Doch als Peter an dem kleinen
Rädchen drehte und nach einem Sender suchte,
plärrte plötzlich Musik aus dem Lautsprecher. Bob
verzog das Gesicht. »Uah! So etwas läuft bei meiner Oma.«

Peter suchte weiter, und eine Frauenstimme er-
klang: »Hi, ich bin Janet Maxwell, und ihr hört Hit
Radio California. Es ist das Thema des Tages: Der
reiche Forrest Fender hat in den Magic Mountains
einen Schatz versteckt. Der Wert: eine sagenhafte Million! Hunderte Schatzsucher haben sich auf

den Weg gemacht, und es ist fast wie beim großen Goldrausch um 1850 in Kalifornien. Ich bin live vor Ort und berichte über den aktuellen Stand der Dinge. Vor mir steht ein Junge aus Rocky Beach. Kurze Frage: Wie heißt du, und glaubst du wirklich, dass gerade *du* den Schatz finden wirst?«

»Klar werde *ich* den finden«, krähte eine heisere Stimme. »Und meinen Namen können Sie sich schon mal merken: Skinny Norris, bald bekannt als der jüngste Millionär Kaliforniens.«

»Na, dann wünsche ich dir viel Glück, Skinny. Also, Leute, der Schatz ist bisher noch nicht gefunden worden. Ich halte euch auf dem Laufenden. Hier bei Hit Radio California.«

Peter schaltete das Radio wieder ab. »Habt ihr gehört? Skinny läuft auch hier herum. Hauptsache, wir begegnen ihm nicht. Aber der ist so doof, den Schatz wird der niemals finden.« Skinny Norris war ein alter Bekannter der drei ???. Schon oft hatten sie sich mit ihm angelegt und sich über sein unfaires Verhalten geärgert. »Skinny müsste man eine

Schatzkiste direkt vor die Füße legen, damit er sie entdeckt«, sagte Bob. »Aber zumindest wissen wir jetzt, dass noch niemand den Schatz von Forrest Fender gefunden hat.«

Peter packte das Radio wieder ein, und Bob ging mit dem Kompass in der Hand voraus. »Los, weiter. 285 Grad. Ich versuche, so exakt wie möglich die Richtung zu halten.«

Der Weg führte sie querfeldein über Geröllfelder und vertrocknete Graslandschaften. In der Ferne konnte man einige Bergziegen beobachten. Der Sonnenstand war mittlerweile höher, und die drei Jungen spürten die zunehmende Hitze. Schließlich erreichten sie wieder ein stark bewaldetes Gebiet und waren froh, dass die hohen Kiefern Schatten spendeten. Plötzlich blieb Justus stehen. »Wenn mich nicht alles täuscht, dann hat jemand da vorn in der Baumrinde etwas eingeritzt. Vielleicht ist es wieder ein Hinweis von Forrest Fender.« Aufgeregt liefen die drei Freunde zu dem Baum. »Just hat gute Augen«, rief Peter. »Hier ist tatsächlich was.

Sieht aus wie der Buchstabe I.« Bob schüttelte den Kopf. »Nein, das ist eher eine römische Zahl. Und zwar die Eins. Ihr wisst doch, die Römer hatten nicht solche Zahlen, wie wir sie kennen. Keine Ahnung, warum. Doch was soll die Eins bedeuten? Hast du eine Idee, Just?«

»Ich habe sogar zwei Ideen. Erstens bedeutet das, dass wir auf der richtigen Spur sind. Und zweitens finden wir nach der Eins garantiert bald auch eine Zwei. Ich denke, es sind Wegmarkierungen.«

Justus sollte mit seiner Vermutung recht behalten, denn nach weiteren hundert Metern entdeckten sie einen Baum mit einer eingeritzten römischen Zwei. Peter betrachtete die Zahl genauer. »Die spinnen, die Römer. Das sind doch einfach nur zwei Striche. Geht das immer so weiter? Ich meine, drei Striche für die Drei und vier Striche für die Vier?«

Justus zog ein kleines Büchlein aus seiner Tasche. »Das hier ist ein Lexikon im Miniformat«, klärte er seine beiden Freunde auf. »Ich hatte das Gefühl, dass wir es brauchen könnten. Bei den römischen Zahlen kann man schnell durcheinanderkommen. Die hatten ein ganz eigenes Zählsystem. Seht euch das an!«

1	I	11	XI
2	II	12	XII
3	III	13	XIII
4	IV	14	XIV
5	V	15	XV
6	VI	16	XVI
7	VII	17	XVII
8	VIII	18	XVIII
9	IX	19	XIX
10	X	20	XX

Peter zuckte mit den Schultern. »Die Fünf ist ein V und die Zehn ein X? Kein Wunder, dass die Römer ausgestorben sind. Aber lasst uns schauen, ob wir bald auf einen Baum mit der Nummer drei stoßen.«

Genau so kam es. Und nach weiteren hundert Metern entdeckten sie die Nummer vier, dann die fünf und schon bald die Nummer sechs. Peter war jetzt Feuer und Flamme. »Cool, den Kompass brauchen wir jetzt gar nicht mehr, denn die Zahlen zeigen uns den Weg. Ganz dahinten sehe ich schon die nächste Zahl. Ein V und drei Striche.« Justus hatte immer noch sein Büchlein in der Hand. »Moment, das wäre eine Acht. Was ist mit der Sieben?« Doch Peter ließ sich nicht aufhalten. »Ist doch egal, Just. Vielleicht ist Forrest Fender mit den Zahlen durcheinandergeraten. Oder der Baum mit der Nummer sieben ist in der Nacht umgefallen. Los, weiter!«

Die markierten Bäume standen in gerader Linie hintereinander und zeigten den Weg in Richtung Westen bei 285 Grad. Die ganze Zeit ging es bergab, und der Wald wurde dichter und grüner. Doch bei der Nummer zwanzig endeten die markierten Bäume. Bob sah sich um. »Das war's, Kollegen. Sieht nach einer Sackgasse aus.« Die drei blieben stehen und vernahmen auf einmal Stimmen und Geräusche. Justus presste sich den Zeigefinger an die Lippen. »Pst! Leise! Das kommt von da unten. Los, sehen wir nach, wer da ist.«

Am rauschenden Bach

Vorsichtig gingen die drei ??? weiter. Immer deutlicher vernahmen sie die Stimmen. Schließlich gelangten sie an eine kleine Böschung und schlichen sich in geduckter Haltung voran. Im Schutz von großen Farnen und anderem Buschwerk konnten sie jetzt unbemerkt nach unten blicken. Dort befand sich eine kreisrunde Lichtung mit grünem Gras und Wildblumen. Doch dann rissen die drei erstaunt die Augen auf.

»Das gibt es doch gar nicht«, entfuhr es Peter. »Da unten sind lauter Menschen, die mit Spaten und Schaufeln Löcher graben. Ich sehe sogar Zelte. Einige von denen müssen hier übernachtet haben.« Bob wagte sich noch weiter vor. »Anscheinend sind die sich sicher, dass hier der Schatz von Forrest Fender verbuddelt ist. Die markierten Bäume führten an diese Stelle. Und da! Genau in der Mitte steht ein goldenes Kreuz. Das muss der letzte Hinweis sein. Just, sollen wir auch mitgraben?«

»Ich weiß nicht. Das goldene Kreuz ist viel zu auffällig und passt nicht zu den anderen Rätseln. Außerdem scheint noch niemand etwas gefunden zu haben. Warum sollten dann gerade wir einen Treffer landen? Die Lichtung ist nicht gerade klein.«

Zwischen den vielen Zelten hatte ein Mann einen kleinen Tisch aufgebaut. Auf diesem lagen mehrere Klappspaten, Schaufeln und Wasserflaschen. Peter erkannte ihn. »He! Das ist Mr Porter. Was hat der vor?« Lange brauchten sie nicht auf eine Antwort zu warten, denn der clevere Kaufmann hob jetzt einige Klappspaten in die Luft. »Schatzsucher aufgepasst!«, rief er aus voller Kehle. »Wer nicht mit den Händen graben will, der kauft sich bei mir den Original Porter Klappspaten. Heute zum Spezialpreis: statt zehn Dollar nur glatte fünfzig. Eine gute Investition bei einem Millionenschatz. Kommen Sie jetzt zu Porters Außenhandelsgeschäft. Die kleine Flasche Wasser zum Preis einer großen.«

Bob grinste. »Porter macht wirklich aus allem ein Geschäft. Wie damals beim großen Goldrausch. Verdient haben nur die, die den Goldsuchern Schaufeln verkauften.«

Peter entdeckte noch ein bekanntes Gesicht. »Und Skinny Norris ist auch dabei. Er steht mittendrin und hat das größte Loch ausgehoben.«

»Dann können wir uns sicher sein, dass man hier keinen Schatz finden wird«, überlegte Justus. »Skinny hat noch nie bei irgendeiner Sache Glück gehabt. Für mich ist der Fall klar: Alle da unten sind auf eine falsche Fährte von Forrest Fender hereingefallen.« Bob drehte sich zu ihm um. »Aber dann ist das Rätsel unlösbar. Es gibt keine weiteren Hinweise, Just.«

»Doch! Denn kein Hinweis ist auch ein Hinweis.«

»Hä? Wie meinst du das?«, fragten seine beiden Freunde im Chor.

»Denkt an die fehlende Markierung in der Baumrinde. Die Nummer sieben fehlte, und wie ihr wisst, glaube ich nicht an Zufälle. Da muss mehr dahinterstecken. Los, wir gehen die Strecke noch mal zurück und sehen uns dort genauer um.«

Ohne Widerrede folgten Peter und Bob ihrem Freund. Mit den römischen Zahlen kannten sie sich mittlerweile aus und schon bald hatten sie wieder den Baum mit der Nummer acht erreicht. Peter sah sich um: »Eine Nummer sieben kann ich tatsächlich weit und breit nicht entdecken. Auch gibt es hier keinen einzigen umgefallenen Baum.« Doch als die drei Detektive genau zwischen der Nummer sechs und der Nummer acht standen, vernahmen sie ein leises Geräusch. »Was ist das?«, wunderte sich Bob. »Hört sich an wie eine kaputte Klospülung.« Justus lauschte. »Nein, das klingt eher wie ein Bächlein. Mir nach, das kommt von den bemoosten Felsen dort hinten.«

Je weiter sich die drei ??? den Felsen näherten, desto eindeutiger wurden die Geräusche. Schließlich hatten sie die Stelle erreicht, und Peter klopfte Justus auf die Schulter. »Cool, du bist nicht nur unser Superhirn, sondern auch unser Superohr. Seht nur, aus den Felsen entspringt ein kleines Rinnsal. Das muss eine Quelle sein.«

»Das ist ganz sicher eine Quelle«, entgegnete Justus. »Und das ist sehr ungewöhnlich für so eine trockene Gegend. Aber wir suchen ja auch einen ungewöhnlichen Hinweis. Dieser Forrest Fender legt Spuren aus wie bei einer Schnitzeljagd. Denkt an die Markierungen der Bäume. Ich bin mir sicher: Wir müssen dem Lauf des Wassers folgen. Eine bessere Fährte gibt es nicht.«

Das Wasser im kleinen Rinnsal plätscherte munter aus den Felsen heraus, und die drei füllten ihre Wasserflaschen auf. Bob deutete grinsend in Richtung der Lichtung. »Wir könnten jetzt Mr Porter Konkurrenz machen und frisches Quellwasser verkaufen. Aber wahrscheinlich würde er uns das übel nehmen.« Peter nahm einen Schluck. »Da kannst du dir sicher sein, Bob. Danach dürften wir seinen Laden nicht mehr betreten. Das Wasser schmeckt übrigens super. Fehlen nur noch Eiswürfel und eine Scheibe Zitrone.«

Sie folgten jetzt dem Wasserlauf, und aus dem Rinnsal wurde schnell ein kleines Bächlein. Im Zickzack bahnte es sich den Weg abwärts und hinterließ eine Spur aus saftigem Gras, feuchtem Moos und kleinen Blumen in allen Farben. Nach etwa hundert Metern wurde das Bächlein von einem weiteren Rinnsal gespeist, und immer mehr Wasser sprudelte ins Tal. Kleine Wasserfälle entstanden, und der rauschende Bach grub sich tief ins Erdreich hinein. Gleichzeitig wurde der Weg nach unten immer steiler, und die drei mussten aufpassen, dass sie nicht ins Rutschen gerieten. Dann vernahmen sie ein lautes Rauschen, und der Gebirgsbach mündete schließlich in einen kleinen Fluss. Das kristallklare Wasser floss sprudelnd über schneeweiße Steine den Berg hinunter. An vielen Stellen hatten sich kleine Tümpel gebildet, und wenn man genau hinsah, konnte man Forellen entdecken, die gegen die Strömung anschwammen.

Peter war begeistert. »Hätten wir ein Zelt dabei, dann würde ich hier unser Lager aufbauen. Wir könnten Fische fangen, und für ein Feuer liegt genug trockenes Treibholz herum.« Justus ließ seinen Blick schweifen. »Das kann ich mir auch gut vorstellen, doch heute sind wir auf Schatzsuche. Es würde mich nicht wundern, wenn Forrest Fender hier den nächsten Hinweis versteckt hat.« Plötzlich stieß Bob einen spitzen Schrei aus. »Seht euch das an, Kollegen! Hier liegt ein Goldklumpen im flachen Wasser. Ein riesiges Ding. Ein Monster-Nugget!«

Goldfieber

»Ein Goldstück?!«, riefen Justus und Peter im Chor.

»Ja, und nicht nur eines. Hier liegen überall fette Nuggets herum.« Aufgeregt stellte Bob seinen Rucksack ab, zog sich die Schuhe aus und balancierte über die glatten Steine durchs knietiefe Wasser. Mit einem etwa faustgroßen Goldklumpen kam er zurück. »Wahnsinn! Wenn man die zusammensammelt, sind die bestimmt eine Million Dollar wert.«

Doch bei Justus schien die Freude über den Fund schnell zu verfliegen. Prüfend nahm er das vermeintliche Nugget in die Hand. »Gold müsste viel schwerer sein. Gold wiegt sogar mehr als Blei.« Dann zog er sein Taschenmesser aus der Hosentasche und kratzte an der goldenen Oberfläche. »Seht ihr? Das lässt sich ganz leicht abkratzen. Darunter steckt ein Stein, und dieser wurde einfach nur mit Goldspray lackiert. Wieder einmal eine falsche Fährte von Forrest Fender.«

Enttäuscht nahm Bob den goldenen Stein zurück und wollte ihn wütend ins Wasser werfen. Im letzten Moment hielt Peter ihn davon ab. »Moment! Lasst uns das Ding trotzdem genauer untersuchen. Ich glaube, ich habe da was gesehen.« Konzentriert betrachteten die drei ??? den seltsamen Fund. »Seht ihr?«, fuhr Peter fort. »Hier! An dieser Stelle. Es ist winzig klein, aber es sieht aus wie eine Inschrift.« Bob kniff die Augen zusammen. »Das ist so winzig, das kann selbst ich mit meiner Brille nicht entziffern.« Dann holte er eine Lupe aus seinem Rucksack. Auch diese gehörte zur Standardausrüstung der drei Detektive. »Damit geht es besser.«

»Da steht: MAGIC 15«, wunderte sich Peter. »Was soll das bedeuten? Scheint wieder so eine Art Rätsel zu sein. Was denkst du, Just?«

»Ich denke, wir sollten in unserem schlauen Minilexikon nachsehen. Vielleicht finden wir etwas darüber.« Kurz darauf blätterte Justus in dem kleinen Büchlein und wurde tatsächlich fündig. »Volltreffer, Kollegen. Der MAGIC 15 scheint einer der wertvollsten Meteoriten zu sein, der jemals auf der Erde gefunden wurde. Und nun haltet euch fest: Dieser wurde vor ein paar Jahren für genau eine Million Dollar an einen Sammler verkauft.«

Bob starrte fassungslos auf den vergoldeten Stein. »Ist das dann etwa dieser Meteorit? Und im

Fluss gibt es noch viel mehr davon? Die Sache wird immer seltsamer.« Justus las weiter in seinem Lexikon. »Ob das ein Meteorit ist oder nicht, lässt sich einigermaßen schnell herausfinden. Denn hier steht, dass fast alle Meteoriten auch aus Eisen bestehen und somit magnetisch sind.«

Peter schnappte sich seinen Rucksack und beförderte eine kleine Blechdose heraus. Darin befand sich die Spezialausrüstung der drei Detektive: Fingerabdruckpulver, Klebefilm, Pinzette, Klarsichtbeutel und ein Magnet. Diesen hatten sie schon öfters benutzt, um Spuren von Eisenspänen bei aufgesägten Schlössern aufzuspüren. »Das werden wir gleich haben. Ich mache den Magnettest«, verkündete Peter. Doch schnell stellte sich heraus, dass der goldene Stein nicht magnetisch war. »Pech gehabt. Kein Meteorit, keine Million.«

Justus blieb trotzdem optimistisch. »Wir haben zumindest einen neuen Hinweis. Ich kann mir gut vorstellen, dass unser Schatz nicht aus Goldmünzen besteht, sondern dass es sich um diesen wertvollen Meteoriten handelt. Und das Ganze macht Sinn: Denn hier steht, dass besondere Meteoritenfunde meistens nach ihrem Fundort benannt werden. Also MAGIC für die Magic Mountains. Und die Zahl dahinter ist eine Nummerierung. Der MAGIC 15 ist also der fünfzehnte Meteorit, der hier in den Bergen gefunden wurde.« Bob zog sich seine Schuhe wieder an. »Aber was hat das alles zu bedeuten? Das Rätsel von Forrest Fender wird immer komplizierter. So langsam glaube ich, dass wir die Einzigen sind, die es bis hier geschafft haben.«

»Nein, das glaube ich nicht«, sagte Peter in diesem Moment leise. »Weiter unten am Fluss sehe ich einen Mann, der mit einem Kescher irgendetwas aus dem Wasser fischt.« Jetzt bemerkten ihn auch Justus und Bob. Der Mann hatte seine langen Haare hinten zu einem Zopf gebunden, und ein Bart bedeckte fast vollständig sein Gesicht. »Ob der schon mehr herausgefunden hat als wir?«, flüsterte Bob. »Ich würde gern einmal sehen, was er dort angelt. Fische sind es bestimmt nicht.«

61

Vorsichtig schlichen die drei Freunde am Ufer entlang und hielten sich dabei immer gut versteckt hinter Sträuchern und Felsen. Der Fluss wurde immer reißender, und das Wildwasser schoss an einer besonders schmalen Stelle in die Tiefe. Jetzt konnten sie erkennen, was der Mann aus dem Wasser holte.

»Der hat sich auch so einen Goldstein geschnappt«, sagte Bob. »Und es sieht so aus, als würde er etwas in einer Landkarte einzeichnen. Ich will mir das mal genauer ansehen. Spionage ist bei einer Schatzsuche ja nicht verboten.« Ohne die Antwort seiner beiden Freunde abzuwarten, stellte er kurzerhand seinen Rucksack ab und kletterte dann an den glatten Felsen entlang. Unter ihm brodelten die Wassermassen und rissen dabei kleine Zweige und Stöcke mit sich. Doch plötzlich rutschte er mit einem Fuß ab und verlor das Gleichgewicht. »Nimm meine Hand!«, schrie Peter entsetzt auf. Doch es war zu spät. Bob fand an dem glatten Felsen keinen Halt und rutschte auch mit dem anderen Fuß weg. Dann landete er im Wasser. »Mist! Oh nein! Helft mir!« Doch dafür war es zu spät. Innerhalb von Sekunden riss ihn das Wasser über die Stromschnellen. Mit aller Kraft versuchte Bob, dagegen anzuschwimmen, doch es war unmöglich. Es gab kein Entkommen aus dem Wildwasserfluss.

Wildwasserfahrt

Immer schneller trieb Bob durch den reißenden Strom. Zum Glück hatten die Steine keine spitzen Kanten, sondern waren rund und abgeflacht. Doch dies war auch ein Nachteil, denn es war unmöglich, sich daran festzuklammern. Immer wieder rutschte er ab. Seine beiden Freunde konnten nur tatenlos zusehen. »Halte durch!«, schrie Peter gegen den tosenden Lärm an. »Wir laufen weiter am Fluss entlang und versuchen, dich wieder einzufangen.« Aber Bob hörte ihn schon längst nicht mehr. Während er weiter durch das Wildwasser schoss, rannten Justus und Peter um die Felsen herum, und bald hatten sie ihren Freund wieder im Blick.

Auch der Mann stromabwärts hatte Bob nun entdeckt und handelte sofort. Mit großen Schritten sprang er gekonnt über die Steine im flachen Wasser und stand kurz darauf vor einer großen Stromschnelle. Mit den Füßen voran jagte Bob den

Fluss hinab und hielt sich dabei mit einer Hand die Brille fest. Dann wurde er durch die Stromschnelle gewirbelt. Entschlossen packte der bärtige Mann seinen Kescher und hielt diesen Bob entgegen. »Halt dich daran fest! Achtung, jetzt!« Obwohl Bob kaum noch was sehen konnte, riss er instinktiv die Arme hoch und bekam das Netz des Keschers zu fassen. »Ja, so ist es gut. Und jetzt nicht loslassen, Junge! Ich zieh dich raus.«

Mittlerweile hatten auch Justus und Peter die Stelle erreicht und kamen dem Bärtigen zu Hilfe. Zusammen gelang es ihnen, Bob in seichteres Wasser zu ziehen. Prustend und hustend richtete dieser sich langsam auf. »Oh Mann«, keuchte er und schüttelte seine nassen Haare. »Das war schlimmer als in einer Waschmaschine. Danke.«

Der Bärtige klopfte ihm auf die Schulter. »Ach was. Es ist doch eine Selbstverständlichkeit, dass man sich in der Wildnis gegenseitig hilft. Das hätte böse ausgehen können, denn weiter unten gibt es einen gefährlichen Wasserfall. Wenn man da runterrauscht, dann gute Nacht. Mein Name ist übrigens Jimmy Carson. Und wer seid ihr, wenn ich fragen darf?«

»Ich bin Bob Andrews. Das sind meine Freunde Justus Jonas und Peter Shaw. Wir kommen aus Rocky Beach«, antwortete Bob. Dankbar nahm er jetzt von Peter seinen Rucksack mit den Kleidern zum Wechseln entgegen.

Jimmy Carson grinste. »Verstehe, ihr seid auch auf Schatzsuche, so wie ich. Gestern habe ich von der Geschichte in der Zeitung gelesen. Ich wohne seit über zwanzig Jahren in den Magic Mountains und da wollte ich natürlich dabei sein. Es sieht so aus, als hätten wir vier hier schon eine Menge Rätsel gelöst, oder? Sonst wären wir uns an dieser Stelle ja nicht begegnet.«

Justus übernahm jetzt das Wort. »Ja, so ist es. Forrest Fender hat es uns nicht leicht gemacht. Die Rätsel sind recht kompliziert, und die meisten Leute sind auf seine falschen Fährten hereingefallen.«

»Stimmt. Ich habe die armen Trottel auf der Lichtung buddeln sehen«, lachte der bärtige Mann. »Doch so einfach wird man nicht an die Million kommen.« Dann blickte er die drei Freunde verschmitzt an. »Und? Habt ihr schon herausgefunden, wie es weitergeht?«

Peter schüttelte den Kopf. »Nein, wir haben hier nur im Fluss einen vergoldeten Stein gefunden und ...« Weiter kam er nicht, denn Justus stieß ihn von der Seite an. »Stopp! Wir müssen ja nicht alles erzählen. Schließlich ist das hier ein sportlicher Wettkampf.«

»Da hast du recht«, sagte Jimmy Carson und grinste. »Aber machen wir uns nichts vor: Ihr habt da oben anscheinend einen Goldstein entdeckt und ich hier unten. Was auch immer die zu bedeuten haben, behält am besten jeder für sich. Auf dass der Beste gewinne und sich die Million hole.«

Bob versuchte, seine Brille mit dem nassen T-Shirt zu putzen. »Auf jeden Fall danke ich Ihnen,

Mr Carson, dass Sie mich aus dem Wasser gezogen haben.«

»Ach was, Junge. Mach dir darüber keinen Kopf. So, ich muss jetzt weiter, sonst schnappt mir noch ein anderer die Million weg. Und versucht nicht, mir zu folgen. Ich bin sowieso schneller.« Mit diesen Worten schnallte sich Jimmy Carson seinen Rucksack auf und verschwand.

Justus sah ihm hinterher. »Ich möchte wissen, was der herausgefunden hat. Bob, du hast doch gesagt, dass der Mann etwas in eine Landkarte eingezeichnet hat, oder?«

»Ja, aber aus der Entfernung konnte ich das natürlich nicht genau erkennen.«

Peter überlegte mit. »Auf jeden Fall muss es etwas mit den Goldsteinen zu tun haben. Jimmy Carson wusste anscheinend genau, welchen Weg er weitergehen muss. Der ist uns einen Schritt voraus.«

Bob zog sich trockene Kleidung an, und Justus schnappte sich wieder sein kleines Lexikon. »Womöglich haben wir eine Information über die Meteoriten überlesen. Vielleicht das hier: Ihr wisst doch, wie eine Sternschnuppe entsteht, oder?«

»Klar, das sind Brocken aus dem All, die durch die Atmosphäre auf uns zurasen und dann verglühen«, wusste Peter.

»Das stimmt. Und was schätzt du, wie groß so ein Brocken bei einer normalen Sternschnuppe ist?«

»Keine Ahnung, Just. Vielleicht so groß wie ein Kühlschrank?«

»Weit daneben. Die meisten haben gerade mal einen Durchmesser von einem Millimeter. Also so groß wie ein Sandkorn. Aber sie sind irre schnell. Über 250.000 Stundenkilometer. Darum verglühen sie sofort durch die Reibung in der Atmosphäre.«

»Wirklich irre, was da draußen im All herumfliegt. Aber unser MAGIC 15 muss größer gewesen sein, oder?« Justus blätterte weiter. »Ja, klar. Der größte ist übrigens der Chicxulub-Meteorit, der vor über sechsundsechzig Millionen Jahren in Mexiko einschlug. Er hatte einen Durchmesser von mehr als zehn Kilometern und war wohl für das Aussterben der Saurier verantwortlich.«

»Zum Glück ist der Chicudingsbums auf der Erde eingeschlagen«, grinste Bob. »Sonst würden hier noch Saurier herumjagen und uns auffressen. Aber bei der Schatzsuche weitergeholfen hat uns das Ganze nicht.«

Plötzlich piepste und rauschte es aus Peters Rucksack. »Das muss das Funkgerät von deinem Onkel sein, Just. Warte, ich hole den Apparat raus. Hier!«

Wieder piepste es, und Justus drückte an der Seite eine Taste. »Ja, hier Justus Jonas.«

»Justus? Gut, dass ihr Empfang habt«, hörten sie jetzt die Stimme von Onkel Titus aus dem kleinen Lautsprecher plärren. »Ihr glaubt ja nicht, was hier auf dem Parkplatz los ist. Jetzt sind noch zwei Übertragungswagen vom Fernsehen gekommen. In ganz Amerika wird von der Schatzsuche berichtet. Wie sieht es aus bei euch?«

»Bei uns ist alles okay«, antwortete Justus. »Wir haben den Schatz zwar noch nicht gefunden, aber wir sind ein ganzes Stück weitergekommen.«

»Sehr gut. Ich habe auch nichts anderes von euch erwartet. Wo seid ihr jetzt genau, Justus?«

»Wir haben verschiedene Rätsel gelöst und befinden uns im Moment an einem Fluss. Die meisten anderen Schatzsucher sind auf falsche Fährten hereingefallen.«

»Prima, Jungs. Bleibt am Ball und passt auf euch auf. Meldet euch, wenn es etwas Neues gibt. Ende.« Aus dem Lautsprecher piepte es noch einmal kurz, dann war nur noch ein Rauschen zu hören. Doch seltsamerweise meldete sich im nächsten

Moment erneut eine Stimme. Sie war tiefer als die von Onkel Titus und klang etwas bedrohlich. »Hallo, Jungs«, knarzte es. »Das Schöne an Funkgeräten ist, dass alle Leute mithören können, die dieselbe Frequenz eingestellt haben. Danke für den Hinweis. Ich wollte schon immer mal eine Flusswanderung machen.« Anschließend war ein fieses Lachen zu hören, dann nur noch ein Rauschen.

Justus schaltete das Funkgerät schnell aus. »So ein Mist! Jemand hat uns abgehört.«

MAGIC 15

Bob packte das Funkgerät wieder in den Rucksack. »Dass jeder mithören kann, haben wir nicht bedacht. Und leider haben wir den Hinweis mit dem Fluss verraten.« Justus warf wütend einen Stein ins Wasser. »Nein, nicht *wir* haben es verraten, sondern *ich*. Das ist allein meine Schuld.« Peter schüttelte den Kopf. »Blödsinn, Just. Wir lösen alle Fälle zusammen, und wir machen auch alle Fehler gemeinsam. Darum sind wir die drei ???.« Eine Weile schwiegen die Freunde. Dann sahen sie sich grinsend an. »Du hast recht, Peter«, lächelte Justus. »Einer für alle, alle für einen. Sollen die anderen den Fluss doch absuchen. Wir sind sowieso schneller. Unsere Aufgabe ist es, Jimmy Carson einzuholen. Was weiß er, was wir noch nicht wissen?«

Bob kramte die Landkarte aus seinem Rucksack. »Wenn ich es richtig sehe, dann müssten wir uns ungefähr an dieser Stelle hier befinden. In der Karte ist der Fluss eingezeichnet. Carson ist in diese Richtung verschwunden. Irgendetwas hat ihm hier an dieser Stelle einen Hinweis gegeben.« Plötzlich schoss Bob ein Gedanke durch den Kopf und er legte den Kompass, nach Norden ausgerichtet, auf die Karte. »Kollegen, seht euch das an!«, strahlte er. »Jimmy Carson ist in Richtung Norden exakt in einem Winkel von 15 Grad verschwunden. Und? Kommt euch diese Zahl bekannt vor?«

»MAGIC 15«, riefen Justus und Peter gleichzeitig.

»Genau. Das Rätsel ist ein Hinweis auf die Himmelsrichtung. Wir müssen einfach von hier in diese Richtung gehen. Genauso wie vorhin vom Gipfelkreuz aus.« Justus klopfte seinem Freund auf die Schulter. »Sehr gut. Darauf hätte ich auch kommen können.«

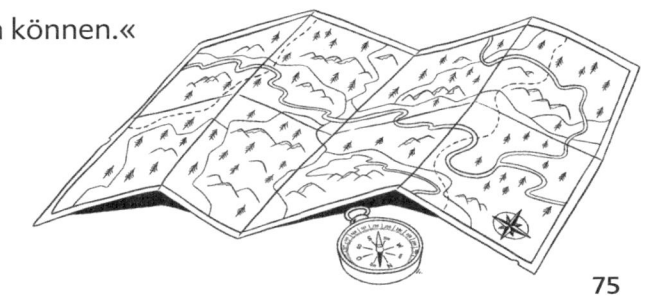

»Wie gesagt: Einer für alle, alle für einen«, grinste Bob.

Aufgeregt packten die drei ??? alles zusammen und machten sich auf den Weg. Wieder lief Bob mit dem Kompass in der Hand voran. Der Weg führte sie vom Fluss weg, und es ging leicht bergauf. Die Sonne stand jetzt fast senkrecht am Himmel, und die drei waren froh, dass sie ihre Wasserflaschen aufgefüllt hatten. Von Minute zu Minute wurde es wärmer. Immer wieder peilte Bob mit dem Kompass die Richtung. »Diesmal müssen wir auf alles ganz genau achten«, rief er nach hinten. »Wir dürfen nicht noch einmal etwas übersehen.«

Doch sosehr sich die drei Detektive auch konzentrierten, es war nichts Außergewöhnliches zu entdecken. Die Strecke wurde immer beschwerlicher, und sie mussten sich durch das Dickicht kämpfen. Peter fand einen geeigneten Stock und bahnte sich damit den Weg. »Der reinste Dschungel«, stöhnte er. Über ihnen kreisten wieder die Greifvögel. Nach einer halben Stunde wichen die hohen Farne und das Buschwerk, und die drei marschierten über flach liegende Felsen. Dann endete der Weg abrupt. »Mist!«, rief Bob. »Das ist eine Sackgasse. Direkt vor uns befindet sich eine tiefe Schlucht. Da kann nicht einmal Peter hinüberspringen.« Doch dieser lachte. »Das brauche ich auch nicht, Freunde, denn dort hinten sehe ich eine Hängebrücke. Ich wette, das ist der Weg, den sich Forrest Fender für uns Schatzsucher ausgedacht hat.«

Schnell hatten sie die Hängebrücke erreicht, und Justus setzte prüfend einen Fuß auf den ersten Holzsteg. »Das wackelt zwar, sieht aber recht stabil aus. Die Ranger in den Bergen hätten diese Brücke ansonsten schon längst gesperrt oder abgerissen. Ich werde als Erster rübergehen. Wenn die mich aushält, dann ist es für euch auch kein Problem.« Entschlossen tastete sich Justus weiter vorwärts und hielt sich dabei an den seitlichen Seilen fest. »Ganz einfach«, rief er. »Leichter als in jedem Kletterpark.« Nach einigen Metern hatte er die andere Seite erreicht. »Bob, du kannst nachkommen!«

»Alles klar, Just! Schlimmer als in der Wasser-rutsche kann es nicht werden.«

Als auch Bob es geschafft hatte, war Peter an der Reihe. Doch dieser drehte sich plötzlich beunruhigt um. »Hört ihr das? Das klingt nach einem Motorengeräusch.«

»Wahrscheinlich sind das die Motorsägen von Waldarbeitern, Peter«, rief Justus.

»Das glaube ich nicht, denn die Geräusche kommen näher.« Weiter kam Peter nicht, denn in diesem Moment raste ein Geländemotorrad auf ihn zu. Auf der Maschine saßen ein Mann und eine Frau. Beide trugen keinen Helm. Peter verharrte vor Schreck. Sekunden später hielt das Motorrad direkt vor ihm an, und der kräftige, dicke Mann zeigte mit dem Finger auf ihn. Er hatte eine Glatze und seine Arme waren vollständig tätowiert. »He! Bist du der Bengel mit dem Funkgerät?«, dröhnte seine tiefe Stimme. Die drei erkannten diese sofort wieder. Es war der Mann, der sie abgehört hatte!

Peter nahm jetzt seinen ganzen Mut zusam-

men und rannte auf die Hängebrücke. Doch als er die Mitte erreicht hatte, schrie der Mann: »Bleib stehen, Bengel! Sonst schneide ich die Seile durch.« Entsetzt drehte sich Peter um. Der Glatzköpfige hatte ein langes Messer in der Hand und setzte es bereits an einem der Seile an.

»So ist es brav, Freundchen. Bleib genau dort, wo du jetzt bist. Keine Angst, ihr drei könnt gleich verschwinden. Ihr müsst nur vorher alle Informationen rausrücken, die ihr bei der Schatzsuche gesammelt habt. Den Fluss haben wir gefunden und auch die Goldsteine. Was aber hat das alles mit der Aufschrift zu tun? Was ist dieses verdammte MAGIC 15?«

Auch die Frau meldete sich nun zu Wort. Sie war genauso stark tätowiert wie ihr Partner. »Ja, sagt es uns! Und ich rate euch, die Wahrheit zu sagen, denn Bruno kann sehr wütend werden.«

»So ist es«, brummte der Glatzköpfige. »Raus mit der Sprache! Wenn einer hier die Million bekommt, dann sind wir es.«

Gefährlicher Kletterpark

Die drei ??? schwiegen. Doch dann fasste sich Justus ein Herz. »Gut, wir sagen alles. Wir haben herausgefunden, dass MAGIC 15 eine der alten Goldgräberstädte war. Diese liegt aber viele Kilometer weiter im Süden. Leider ist das für uns zu weit, und darum haben wir die Schatzsuche aufgegeben. Wir sind auf dem Nachhauseweg.«

»Lüg mich nicht an, Rotzlöffel! Ich kenne mich aus mit den Goldgräberstädten hier. Die heißen Bodie, Bonanza Creek oder Dawson City. Aber bestimmt nicht MAGIC 15. Ich habe euch gewarnt: Wer mich anlügt, wird sehen, was er davon hat.« Mit hochrotem Kopf packte der Mann nun eines der Halteseile und legte das lange Messer an. Im letzten Moment ging die Frau dazwischen und schubste ihn weg. »Bruno! Bist du verrückt geworden? Da hört der Spaß auf.«

»Das ist kein Spaß, Violetta. Hier geht es um eine Million Dollar. Und die lasse ich mir nicht von drei Kindsköpfen wegnehmen. Geh mir aus dem Weg!«

Das war die Chance für Peter, schnell von der Hängebrücke zu flüchten. Mit drei großen Sätzen sprang er über die Holzstege und hatte die andere Seite der Brücke erreicht. »Gut gemacht, Peter«, rief Justus und zog blitzschnell etwas aus seiner Hosentasche.

Als der Mann sich wieder umdrehte, sah er, dass Justus ein scharfes Taschenmesser in der Hand hielt. »Junge, das machst du doch nicht wirklich?«, rief er ihm entgegen. Justus setzte das Messer an einem der Halteseile an. »Oh doch! Genau das werde ich tun. Wir lassen uns doch die Million nicht von einem Glatzkopf wegnehmen.« Dann schnitt er das Seil mit einem kräftigen Schnitt durch. Sofort kam die ganze Konstruktion ins Wanken, und die Holzstege kippten zur Seite weg. Ab sofort war es unmöglich, über die Brücke zu laufen.

Wütend ballte der Mann die Faust. »Das wirst du noch bereuen, Bengel. Keine Angst, ich erwi-

sche euch. Wir werden einen anderen Weg über die Schlucht finden.« Anschließend setzten sich die beiden wieder auf die Geländemaschine und fuhren mit knatterndem Motor davon.

»Das war knapp«, keuchte Peter. »Ich glaube, der hätte die Seile tatsächlich durchgeschnitten und mich in den Abgrund stürzen lassen. Verrückt, was eine Million Dollar aus Menschen machen kann.«

Bob blickte dem Motorrad hinterher. »Lasst uns lieber schnell verschwinden. Nachher findet der wirklich noch einen anderen Weg über die Schlucht. Den beiden will ich nicht noch einmal begegnen.«

Etwas planlos verließen die drei ??? den Ort und folgten einem schmalen Trampelpfad. Justus sah sich um. »Ich habe keine Ahnung, ob wir hier richtig sind. Wir brauchen dringend einen neuen Hinweis. Wo könnte Forrest Fender etwas versteckt haben? Vielleicht hat er wieder etwas in eine Baumrinde geritzt. Oder auf dem Boden liegen Steine in Pfeilform. Denkt an eine Schnitzeljagd.«

Minutenlang suchten sie die Gegend ab, doch nichts dergleichen war zu entdecken. Über ihnen kreisten wieder die Greifvögel und stießen spitze Schreie aus. Peter blickte besorgt hinauf. Dann entspannte sich sein Gesicht auf einmal. »Kollegen, ich glaube, ich habe gefunden, wonach wir suchen. Manchmal muss man eben in den Himmel schauen.« Auch Justus und Bob blickten jetzt nach oben und sahen, was Peter entdeckt hatte. Hoch in den Bäumen war ein breites Tuch aufgespannt, und eine Schrift war darauf zu sehen. »*Der Durst bahnt Wege. An den Hinterlassenschaften sollt ihr sie erkennen*«, las Bob vor.

»Hä? Was soll das denn bedeuten?«, stöhnte Peter.

Als Justus wieder nach unten sah, lachte er laut auf. »Ich weiß, was die Hinterlassenschaften sind. Bob, du stehst drauf.«

»Was? Wie? Igitt, ich bin in Ziegenkötel getreten. Ist das eklig. Und das soll uns weiterhelfen?«

»Das hilft uns richtig weiter«, fuhr Justus fort. »Anscheinend ist dieser Trampelpfad ein ausgetretener Ziegenweg. Und die Kötel sind ihre Hinterlassenschaft. Es ist wirklich wie bei einer Schnitzeljagd. Wir brauchen nur den Spuren zu folgen.« Bob verzog das Gesicht. »Da wären mir Holzschnitzel aber lieber gewesen.« Peter hatte schon den nächsten Haufen mit Köteln gefunden. »Alles klar, dahinten geht's weiter. Aber was hat das mit dem Durst zu bedeuten?« Justus nahm einen Schluck aus seiner Wasserflasche. »Keine Ahnung, aber das Rätsel werden wir auch noch lösen.«

Der Ziegenweg führte sie vorbei an trockenen Heideflächen und Graslandschaften. Es roch nach Bergkräutern und Heu. Gelbe Schmetterlinge ließen sich durch den warmen Wind treiben. An einer Stelle fand Justus wilde Walderdbeeren und pflückte sich eine Handvoll. »Lecker!«, schmatzte er. »Vielleicht sollte Tante Mathilda daraus einen Kuchen backen. Oder Onkel Titus braut damit Erdbeerbrause. So langsam bekomme ich Hunger. Lasst uns eine Pause einlegen.«

Peter und Bob waren einverstanden, und kurz darauf erreichten sie ein flaches Felsplateau. Von dort aus konnte man weit über die Berge blicken. »Besser geht's nicht«, strahlte Bob. »Eine richtige Aussichtsplattform. Ich bin gespannt, was deine Tante uns eingepackt hat, Just.«

Die drei Freunde setzten sich auf einen Baumstamm und ließen den Blick in die Ferne schweifen. Im Rucksack mit Proviant fand Justus belegte Brötchen mit Wurst, Käse und Gurke. Dazu gab es geschnittene Äpfel und eine Packung Kekse.

Zufrieden legte er alles auf einem flachen Stein ab. »Mahlzeit, der Tisch ist gedeckt. Zeit fürs Mittagessen.«

Peter schnappte sich ein Brötchen und lehnte sich zurück. »Wenn ich so in den Himmel schaue, kann ich mir gar nicht vorstellen, dass da so viele Gesteinsbrocken umherfliegen. Was ist eigentlich, wenn man so einen Meteoriten auf den Kopf bekommt?« Justus hatte sich das Brötchen mit Wurst geschnappt. »Es ist wahrscheinlicher, dass du sechsmal hintereinander im Lotto gewinnst.

Darum ist dieser MAGIC 15 auch so wertvoll. Man muss sich vorstellen, dass Meteoriten seit vielen Milliarden Jahren durchs Weltall sausen. Ich würde schon gerne mal so einen finden. Das ist ein Schatz, der nicht von dieser Erde stammt.« Bob hatte sich für das Käsebrötchen entschieden. »Wirklich cool. Als würde ein Alien hier landen. Vielleicht versteckt sich in so einem Meteoriten auch mal ein Ei von einem Alien und wird dann hier ausgebrütet?« Peter musste laut lachen. »Das ist der größte Quatsch, den ich jemals gehört habe, Bob.« Justus stopfte sich den Rest seines Brötchens in den Mund und holte dann das Transistorradio aus dem Rucksack. »Ich schalte das Ding mal ein. Vielleicht gibt es ja was Neues.«

Wieder rauschte es zunächst, dann hörten sie verschiedene Radiospots. In der Werbung ging es um einen Rabatt von neunzig Prozent, wenn man sich eine neue Küche bestellte, und um billige Würstchen aus der Dose. Dann meldete sich eine bekannte Frauenstimme. »Ihr hört Hit Radio California, und mein Name ist Janet Maxwell. Alles dreht sich in diesen Tagen um die sagenhafte Schatzsuche in den Magic Mountains. Und noch immer ist nichts gefunden worden, obwohl sich hunderte Schatzsucher auf den Weg gemacht haben. Kein Wunder, denn es geht um eine Million Dollar. Forrest Fender steckt dahinter, der bekannte Aktionskünstler aus Los Angeles. Und ich bin mit meinem Team mittendrin und berichte live aus den Bergen. Vor gut einer Stunde trafen wir viele eifrige Schatzsucher auf einer großen Lichtung an. Mittlerweile ist die Gruppe weitergewandert und sucht den Schatz anscheinend in einem Fluss. Neben mir steht ein Mann aus Rocky Beach. Wie dicht sind Sie dran am Schatz und was können Sie unseren Hörern berichten?«

Eine weitere den drei ??? bekannte Stimme war jetzt zu hören: »Ich kann Ihren Hörern sagen, dass es in Porters Gemischtwarenladen alles gibt, was man für Geld kaufen kann. Von der Fliegenklatsche bis zur beschichteten Teflonpfanne zum Superspparpreis. Kommen Sie zu Porter und sparen Sie mehr, als Sie ausgeben.«

Mr Porter wurde von Janet Maxwell abrupt unterbrochen. »Danke, das reicht mit der gratis Radiowerbung. Tja, so etwas kann leider passieren, wenn man live auf die Antenne geht. Aber ich bleibe dran und halte euch auf dem Laufenden, liebe Hörerinnen und Hörer, und ihr seid dabei, wenn der Schatz gefunden wird.«

Justus schaltete das Transistorradio wieder ab. »Die Sache sieht gut aus für uns. Noch ist das Rennen nicht gelaufen, und das, obwohl Jimmy Carson einen großen Vorsprung hat.«

»Vorausgesetzt, er hat auch das Rätsel mit den Ziegenköteln gelöst«, warf Bob ein. »Wir sollten uns jetzt wieder auf den Weg machen, denn bei einer Schatzsuche gibt es keinen zweiten Platz.«

Floßbau

Gestärkt standen die drei Freunde auf und verstauten alles wieder im Rucksack. Anschließend folgten sie erneut den Hinterlassenschaften auf dem Ziegenweg. Es ging nun im Zickzack einen steilen Hang hinab, quer durch einen Wald, und schließlich mussten sie wieder eine kleine Erhöhung hinaufklettern. Das, was sie dann erblickten, hätten sie nicht erwartet: Vor ihnen breitete sich ein kristallklarer Bergsee aus, eingefasst von hohen Felsen. Der Pfad führte direkt nach unten und endete an einer flach abfallenden Uferzone. Hier entdeckten die Jungen mehrere Ziegen, die den See als Tränke nutzten. Bob zeigte auf die Tiere. »Jetzt haben wir auch das Rätsel mit dem Durst gelöst. Wisst ihr noch? *Der Durst bahnt Wege.* Klarer Fall: Die durstigen Ziegen haben über die Jahre einen Trampelpfad geschaffen. Los, wir müssen da runter.«

Als sich die drei den Ziegen näherten, wurden sie zunächst argwöhnisch beäugt, doch dann trabten die Tiere genervt von dannen. Peter sah sich um. »Entweder finden wir hier endlich den Schatz, oder es gibt wieder einen Hinweis. Ich bin gespannt, wo die Schnitzeljagd endet.« Auch Justus verschaffte sich einen Überblick. »Hier wohl eher nicht. Habt ihr da vorn im Wasser die vielen Baumstämme gesehen?« Bob nickte. »Ja, wahrscheinlich stammen die von Holzfällern. Ich habe darüber mal einen Bericht gesehen. Die Holzfäller lassen die Stämme über Rutschen ins Wasser plumpsen und binden sie später zu Flößen zusammen. Das ist einfacher, als die schweren Dinger mit Lastwagen durch die Landschaft zu transportieren.« Peter fand in einem Gebüsch einen großen Haufen zusammengerollter Seile. »Ich könnte mir gut vorstellen, dass dies unsere nächste Aufgabe ist. Die Seile hat garantiert Forrest Fender hier für die Schatzsucher bereitgelegt.«

»Worauf warten wir dann noch?«, rief Justus energisch und schnappte sich ein Seil. »Lasst uns ein Floß bauen.« Bob nahm auch ein Seil. »Die Frage ist nur, wohin wir damit fahren sollen. Vorausgesetzt, wir gehen nicht unter.« Justus hatte sich schon die Schuhe ausgezogen und watete ins Wasser. »Wir müssen eben die Augen offen halten.« Auch Peter und Bob zogen sich die Schuhe aus, und kurz darauf standen alle drei knietief im See. »Das Wasser ist herrlich warm«, strahlte Peter. »Normalerweise würde ich jetzt baden gehen.«

Justus zog einen der schwimmenden Baumstämme zu sich heran. »Der Bergsee wird nicht besonders tief sein. Los, wir brauchen mindestens zehn Stück von diesen Stämmen.«

Die drei ??? begannen, die Stämme mit den Seilen zu verbinden. Sie kannten sich mit Seemanns-

knoten gut aus und hatten schon bald eine stabile Konstruktion hergestellt. Bob wagte sich als Erster auf das Floß. »Nicht schlecht. Untergehen werden wir damit wohl nicht. Wir sollten aber noch zwei kleinere Baumstämme quer legen und zusammen-knoten.« Peter suchte nach passenden Hölzern. »Gute Idee, Bob. Und dann brauchen wir noch ein paar lange Stöcke, die wir als Paddel benutzen können.«

Justus sah sich in Ufernähe um. »Das überneh-me ich.« Doch plötzlich verharrte er. »Hört ihr das? Das klingt nach einem Motorrad. Wahrscheinlich hat dieser Bruno doch noch einen Weg über den Felsspalt gefunden. Schnell, wir müssen uns beei-len.« Hektisch sammelte Justus passende Stöcke zusammen und kletterte dann zu seinen Freunden auf das selbst gebaute Floß. Peter hatte in der Zwi-schenzeit die Rucksäcke aufgeladen. »Bloß weg hier, Kollegen. Das Motorrad kommt immer näher. Noch mal möchte ich diesem Bruno nicht begeg-nen.«

In diesem Moment kam die Geländemaschine angerast. Das Gesicht des Glatzkopfs war rot vor Zorn. »Ha! Ihr habt wohl geglaubt, dass ihr mich losgeworden seid!«, brüllte er ihnen entgegen. »Kommt sofort zurück, dann klären wir die Sache von Mann zu Mann.« Doch die drei ??? dachten nicht im Traum daran, und jeder von ihnen schnappte sich schnell einen der Stöcke. Am Ufer war das Wasser so flach, dass sie sich damit am Seegrund gut abstoßen konnten. »Los, gebt alles!«, rief Peter. »Und jeder bleibt auf seiner Seite, denn sonst kommt unser Floß in Schieflage.«

Der Glatzkopf war mittlerweile vom Motorrad abgestiegen und stand mit seinen Lederstiefeln im Wasser. »Ich habe gesagt, ihr sollt zurückkommen! Wo wollt ihr überhaupt hin? Was wisst ihr über den Schatz?«

Bob rief grinsend zurück: »Wir wissen, dass er eine Million Dollar wert ist. Ich hoffe, ich konnte Ihnen weiterhelfen.«

Doch diese freche Bemerkung machte den

Mann noch zorniger. »Deine dummen Sprüche kannst du dir sparen, Bengel.« Als er bis zum Bauch im Wasser stand, wurde er schließlich von seiner Frau zurückgeholt. »Bruno, beruhige dich. Die Jungen kannst du nicht mehr einholen.«

»Ich beruhige mich, wann ich will, Violetta. Und jetzt will ich gerade nicht. Los, wir bauen auch so ein Floß.«

Die drei Freunde waren mittlerweile so weit auf den See hinausgefahren, dass sie mit ihren Stöcken nicht mehr den Grund berühren konnten. Ab jetzt nutzten sie die Stöcke als Paddel. Zum Glück war es völlig windstill und das Wasser glatt wie ein Spiegel. Als sie sich weit genug vom Ufer entfernt hatten, atmete Peter erleichtert auf. »Den sind wir los. Und es wird lange dauern, bis der Dicke auch so ein Floß gebaut hat. Der braucht nämlich mindestens zwanzig Baumstämme, wenn er nicht untergehen will.«

Entenangeln

Die drei ??? waren jetzt so weit auf den See hinausgepaddelt, dass sie Bruno und Violetta am Ufer kaum noch sehen konnten. Nur in Bruchstücken vernahmen sie die Stimme des Mannes und hörten, wie er seine Frau beschimpfte. Die beiden waren jetzt tatsächlich dabei, ebenfalls ein Floß zu bauen.

Peter betrachtete die hohen Felsen, welche den Gebirgssee umschlossen. »Viele Möglichkeiten, mit einem Floß anzulanden, gibt es hier nicht. Hauptsache, wir müssen nicht wieder zu dem Glatzkopf zurück. Ich bin gespannt, welches Rätsel sich Forrest Fender als Nächstes ausgedacht hat. Aufs Wasser kann man ja schlecht einen Hinweis schreiben.«

»Vielleicht müssen wir die Enten vor uns befragen«, sagte Bob lachend. »Doch die lassen sich genauso wenig einfangen wie die Bergziegen.« Er zeigte auf eine Gruppe Enten, die in der Mitte des Sees herumschwamm. Doch als sich die Jungen mit ihrem Floß weiter näherten, machten diese erstaunlicherweise keine Anstalten zu flüchten. Selbst als Bob eine davon mit dem langen Stock berührte, blieb die Ente stocksteif. »Das glaube ich jetzt nicht«, wunderte er sich. »Die sind aus Plastik. Das sind sogenannte Lockenten. Tierfotografen oder auch Jäger setzen sie aus, um echte Enten anzulocken, soviel ich weiß.«

Das Floß trieb jetzt so dicht vorbei, dass Justus sich eine der Enten greifen konnte. »Ich will mir die mal genauer ansehen. Womöglich sind sie auch markiert wie die Goldsteine.« Doch zu seiner Verwunderung entdeckte er eine dünne Angelschnur, die an der Plastikente festgebunden war. »Seht euch das an, Kollegen. Eine Schnur. Vielleicht hängt da unten was dran?«

Peter rückte vorsichtig ein Stück näher zu Justus, und das Floß bekam eine leichte Schieflage. »Das ist garantiert die nächste Botschaft.«

Vorsichtig zog Justus an der Angelsehne und wickelte sie um die Plastikente. Nach mehreren Metern Schnur stoppte er kurz. »Ich hätte nicht gedacht, dass der See hier so tief ist.« Als er weiterzog, spürte er einen Widerstand. »Seltsam, die Angelsehne führt nicht nach unten, sondern quer über den See. Was soll denn das?«

Peter kam ihm zu Hilfe und zog auch leicht an der Sehne. »Ich kann dir sagen, was das soll. Die Schnur führt uns direkt zu den Felsen auf der anderen Seeseite. Zu einer ganz bestimmten Stelle. Das ist der Hinweis, den wir brauchen.«

Bob bewegte sich vorsichtshalber nicht zu seinen beiden Freunden herüber, damit sie nicht noch mehr in Schieflage gerieten. »Passt auf, zieht nicht zu fest, sonst reißt die Schnur. Wir müssen wieder paddeln und uns an der Angelsehne entlanghangeln. Ich bin gespannt, was uns am Ende erwartet.«

Aufgeregt paddelten die drei Detektive weiter, und Justus wickelte dabei die dünne Sehne immer weiter um die Plastikente. Je dichter sie an die Felsen am Rande des Sees kamen, desto imposanter erschienen diese den Freunden. In kleinen Nischen hatten Vögel ihre Nester gebaut und begrüßten

die drei Floßfahrer mit aufgeregtem Geschrei. Über den See wehte jetzt ein sanfter warmer Wind, und kleine Wellen schwappten an die fast senkrecht aufsteigenden Felswände. Die Angelsehne führte sie zu einer Stelle, an der sich einige Büsche und Bäumchen angesiedelt hatten. Unermüdlich wickelte Justus die Schnur auf. »Weit kann es nicht mehr gehen, sonst krachen wir mit dem Floß gegen den Felsen.«

Doch so weit kam es nicht, denn als die drei Jungen langsam an den Büschen vorbeitrieben, erblickten sie eine versteckt liegende Felsöffnung. Diese war kaum einen Meter hoch und fast komplett zugewachsen. Grüne Ranken neigten sich von oben bis zum Wasser hinunter. Dahinter war es pechschwarz. Justus zog sanft an der Schnur. »Dies scheint unser Ziel zu sein. Die Angelsehne führt uns direkt dort hinein.«

»Ich habe es befürchtet«, stöhnte Peter. »Ihr wollt doch nicht wirklich in dieses dunkle Loch fahren, oder?«

Justus zog weiter an der Sehne. »Sieht ganz so aus, wenn wir den Schatz finden wollen. Der Durchgang ist gerade so breit, dass wir mit unserem Floß durchpassen. Mit viel Glück finden wir direkt dahinter den Meteoriten.«

»Wenn nicht Jimmy Carson vor uns da war«, gab Bob zu bedenken. »Aber dieses Risiko müssen wir eingehen.«

Langsam trieben sie direkt auf den Eingang zu. Bob hockte ganz vorn und schob mit den Händen die Ranken zur Seite. Dann zog er schnell seinen Kopf ein, um nicht gegen den Felsen zu stoßen. »Passt auf!«, rief er nach hinten. »Köpfe runter, sonst gibt's eine Beule.« Fast geräuschlos glitt das Floß durch die Felsöffnung. Dann verschwanden auch Peter und Justus in der Dunkelheit.

Die drei brauchten eine Weile, um sich an das schwache Licht zu gewöhnen, das von außen noch hereinfiel. Sie befanden sich in einer großen Felsenhöhle mit hohen Decken und schroffen Wänden. Das Wasser unter ihnen war jetzt tiefschwarz. Peter wollte etwas sagen, doch als seine Stimme hundertfach von den Felswänden widerhallte, schwieg er erschrocken. Dann flüsterte er: »Habt ihr so was schon mal gesehen? Das hier ist eine richtige Halle.«

Langsam trieben sie vorwärts, und Meter um Meter wurde es dunkler um sie herum. Bob holte aus seinem Rucksack eine Taschenlampe. »Ich bin froh, dass wir die mitgenommen haben«, sagte er leise und beleuchtete damit die Felsen. Wasser tropfte von der Decke herab. »Leider ist von einem Meteoriten nichts zu sehen. Von einer Schatzkiste ganz zu schweigen. Und wenn Jimmy Carson doch

schon hier war? Vielleicht versteckt er sich sogar in der Höhle?« Justus schüttelte den Kopf. »Nein, Bob, denn dann hätten wir sein Floß sehen müssen. Anders kommt man hier nicht her.«

Am Ende der Höhle gab es einen flach abfallenden Bereich aus groben Kieselsteinen. Hier setzte das Floß mit einem unheimlichen Knirschen auf. Peter verzog enttäuscht sein Gesicht. »Endstation, weiter geht's nicht.« Doch Justus sah das anscheinend anders. Er schnappte sich seinen Rucksack, ging an Peter vorbei und sprang schließlich vom

Floß. »Ich glaube eher, jetzt geht's erst richtig los. Kommt mit! Ich wette, hier geht es irgendwo noch tiefer hinein.« Auch Bob stand wenig später auf den nassen Kieselsteinen und leuchtete mit der Taschenlampe die Steinwände ab. »Wir sind so weit gekommen, jetzt werden wir ganz sicher nicht wieder umkehren. Dort hinten erkenne ich einen schmalen Spalt.« Schließlich verließ auch Peter das Floß. »Na schön. Ich will hier ja auch nicht allein bleiben. Zum Glück haben wir die Taschenlampe. Gut, dann lasst uns die Felsenhöhle erkunden.«

Höhlenforscher

Justus, Peter und Bob setzten sich auf einen großen Stein und zogen ihre Schuhe wieder an. In der
Höhle war es etwas kälter als draußen, und es roch
nach feuchtem Gestein. Anschließend ging Bob
mit der Taschenlampe in der Hand voran. »Lasst
uns das dort drüben einmal genauer betrachten«,
sagte er und richtete den Strahl der Lampe auf den
Felsspalt. Die nassen Kieselsteine unter ihren Füßen knirschten bei jedem Schritt. Um zu dem Spalt
zu gelangen, mussten sie zwei flache Felsen hoch-
klettern. Von hier aus war die Höhle gut zu über-
blicken. Unter ihnen lag das angelandete Floß, und
nur noch schwach konnte man den Eingang zur
Höhle erahnen. Bob leuchtete jetzt direkt in den
Spalt hinein. »Wir sind auf dem richtigen Weg,
Freunde, denn dort hinten geht es auf jeden Fall
weiter. Mir nach!«

Der Spalt war breit genug für einen Menschen,
und nacheinander zwängten sie sich durch die

enge Öffnung. Dahinter führte ein Tunnelgang schräg nach oben. Peter betrachtete die abgerundeten Wände. »Ich denke, das hier war eine Wasserader. Der ganze Berg wird damit durchzogen sein.« Immer tiefer wagten sie sich durch den Gang und erreichten nach kurzer Zeit wieder eine Höhle. Von der Decke hingen mächtige Tropfsteine herab. Im Licht der Taschenlampe warfen die Stalaktiten gruselige Schatten an die Wände.

Plötzlich wurden die drei von einem hellen Fiepen aufgeschreckt und gleichzeitig flatterte etwas durch die Luft. »Fledermäuse!«, rief Peter entsetzt und rutschte vor Schreck auf den glatten Steinen fast aus. Doch Justus beruhigte ihn. »Ja, aber die tun einem nichts. Die haben eher Angst vor uns. Wusstet ihr, dass nur Kinder diese hellen Töne der Fledermäuse wahrnehmen können? Für erwachsene Ohren sind die nicht mehr hörbar.«

»Noch ein Grund, nicht erwachsen zu werden«, grinste Bob. »Los, weiter!«

Die Tropfsteinhöhle endete wieder an einer

Wasserader, und die drei tasteten sich durch den runden Gang. Am Boden plätscherte ein dünnes Rinnsal. Doch nach einigen Metern verzweigte sich der Gang. »Und nun?«, fragte Peter. »Links oder rechts? Wenn wir auf der richtigen Spur sind, dann müsste Forrest Fender auch hier einen Hinweis vorbereitet haben.«

»Oder wir müssen uns diesmal auf die Logik verlassen«, entgegnete Justus. »Nur einer der beiden Gänge wird uns ans Ziel führen. Der andere ist wahrscheinlich eine Sackgasse.« Dann wühlte er plötzlich in seinem Rucksack und hatte kurz darauf eine Packung Streichhölzer in der Hand. »Es ist nur eine Vermutung, Kollegen, aber vielleicht müssen wir den Gang wählen, der eine Verbindung nach draußen hat. Und falls dies stimmt, dann wird es einen schwachen Luftzug geben, der durch die Höhlen und Gänge weht. Wie in einem offenen Kamin.« Mit diesen Worten zündete Justus ein Streichholz an und hielt es in die Höhe. Als er sich damit der Weggabelung näherte, begann die

Flamme leicht zu flackern. Ein schmaler Rauchstreif stieg auf und verschwand wie ein dünner Nebel im linken Gang. Justus strahlte. »Jetzt können wir uns sicher sein, dass es links einen Ausgang nach oben gibt. Lasst uns diesen Weg nehmen.«

Ohne Widerrede folgten ihm Peter und Bob. Doch wieder gabelte sich der Weg nach wenigen Metern, und Justus wiederholte den Test mit den Streichhölzern. »Alles klar, diesmal zieht der Rauch in den rechten Gang. Da geht's weiter.«

Jetzt ging es sehr steil bergauf, und die drei Jungen mussten aufpassen, dass sie nicht wegrutschten. Schließlich aber weitete sich der Gang in einen fast kreisrunden Raum. Die Wände sahen aus wie poliert. Doch Peter entdeckte noch etwas. »Seht euch das an! An den Wänden sind Zeichen zu sehen. Sieht aus wie Höhlenmalerei.« Erstaunt betrachteten die drei ??? die rätselhaften Bilder, und Justus zählte sie durch. »Es sind genau fünfzehn. Schon wieder diese Zahl. Denkt an unseren Meteoriten MAGIC 15.«

Bob holte aus dem Rucksack sein Notizbuch. »Ich werde die Zeichen abmalen. Vielleicht sind sie für die Schatzsuche wichtig. Mein Gefühl sagt mir, dass wir kurz vor dem Ziel sind.« Peter blies sich warme Luft in die Hände. »Und ich bin langsam kurz vor dem Erfrieren. Mach schnell, damit wir weiterkommen.«

Als Bob fertig war, riss er die Seite aus dem Buch und rollte sie wie eine Schatzkarte zusammen. »Okay, es kann weitergehen.«

Der Gang wurde wieder schmaler, doch dann

eröffnete sich vor ihren Augen die bisher größte Halle. Mächtige Stalaktiten hingen von der Decke, und von überallher tropfte Wasser auf sie herab. Auch im unteren Bereich waren ähnliche spitze Formen zu erkennen. »Das sind Stalakmiten«, wusste Peter. »Und wisst ihr, mit welcher Eselsbrücke man sich das merken kann? *Stalaktiten* mit einem t, hängen von der Tecke. Und *Stalakmiten* mit einem m, stehen auf der Matte.«

Plötzlich begann die Taschenlampe zu flackern. »Oh nein«, fluchte Bob. »Die scheint feucht geworden zu sein. Schnell, wir müssen uns etwas überlegen, bevor sie ganz ausgeht.« Peter blickte sich entsetzt um und fand auf dem Boden einen kurzen Stock. »Lasst uns eine Fackel bauen. Ohne Licht finden wir hier niemals wieder raus. Denkt nach! Was können wir benutzen, damit die Fackel brennt?« Hektisch wühlten alle in ihren Rucksäcken. Schließlich zog Justus die Landkarte heraus. »Wir können das Papier in Streifen reißen und um den Stock wickeln. Das ist besser als nichts. Und zusätzlich schmieren wir es mit der Butter von den restlichen Brötchen ein. Fett brennt wie Wachs. Los, helft mit!«

Die Taschenlampe flackerte immer stärker, und alle drei machten sich nervös ans Werk. Als Justus schließlich das Butterfett verteilte, gab die Lampe ihren Geist auf. Von einer Sekunde auf die andere war es stockfinster in der Tropfsteinhöhle.

Das letzte Rätsel

»Just«, hörte man Bobs Stimme. »Kommst du an die Streichhölzer ran?«

»Ja, ich habe sie zum Glück in meine Hosentasche gesteckt. Warte ... hier sind sie.«

»Dann zünde schnell die Fackel an«, rief nun Peter, und seine Stimme hallte unheimlich durch die Tropfsteinhöhle. »Denn wenn ich nicht gleich etwas sehe, dann mache ich mir in die ... ich meine, dann kann man schon etwas Angst bekommen.«

»Ich bin ja dabei, Peter. Aber hetz mich nicht. Es ist nämlich leider nur noch ein einziges Streichholz in der Packung. Wir haben also nur einen Versuch.« Dann hörte man ein Rascheln und schließlich ein zündendes Streichholz. Schlagartig wurde es wieder hell, und vorsichtig hielt Justus die Flamme an die selbst gebaute Fackel. Es knisterte kurz, dann fing die Fackel Feuer und brannte.

»Glück gehabt, Freunde«, strahlte Bob. »Wenn eine Fackel erst mal brennt, dann kann man fast alles dranbinden. Zur Not nehme ich meine Socken.«

Justus sah sich in der großen Tropfsteinhöhle um. »Wenn meine Theorie stimmt, dann wird es auch hier einen Weg nach oben an die frische Luft geben.« Doch plötzlich entdeckte er etwas ganz anderes. »Kollegen!«, rief er atemlos. »Seht doch, da drüben auf der Säule! Da liegt ein seltsam geformter Stein. Ich bin mir ganz sicher: Das ist der Meteorit. Der MAGIC 15.« Auch Peter hatte ihn entdeckt. »Hundertprozentig! Wir haben den Schatz von Forrest Fender gefunden!«

»Die Million gehört uns!«, fuhr Bob fort. »Jimmy Carson kommt zu spät. Wir haben alle Rätsel vor ihm gelöst.«

Doch plötzlich knetete Justus nachdenklich seine Unterlippe. »Es scheint mir, als gäbe es noch ein letztes Rätsel, Freunde. Seht euch das einmal genauer an. Man kommt nur an den Meteoriten, wenn man über diese vielen Säulen dort balanciert. Sie sehen aus wie abgebrochene Stalagmiten.«

Peter betrachtete die Steinstümpfe. »Darin sehe ich kein Problem. Die sind breit genug. Im Kletterpark ist das schwieriger.« Doch Justus hielt seinen Freund zurück. »Nicht so schnell, Peter. Da stimmt was nicht, denn auf jeder Säule ist ein sonderbares Zeichen aufgemalt. Vielleicht gibt es doch noch ein letztes Hindernis.« Bob leuchtete alles mit der Fackel aus. »Na klar! Das sind die Symbole aus dem runden Raum. Zum Glück habe ich sie abgezeichnet.«

Aufgeregt verglichen die drei ??? die Zeichen mit Bobs gemalter Schatzkarte. »Ja, das passt zusammen«, jubelte Justus. »Es sind dieselben Symbole. Und genau in dieser Reihenfolge müssen wir wahrscheinlich auch auf die Säulen treten. Auf jeden Fall sollten wir jene Säulen auslassen, die nicht auf dem Zettel stehen.« Peter sah das genauso. »Auf die trete ich garantiert nicht. Ich wette, die brechen dann zusammen, oder es passiert sonst etwas Schlimmes. Los, Just! Du gehst voran.« Justus wollte sich seine Aufregung nicht anmerken lassen und tat die ersten Schritte. Peter und Bob folgten ihm. Konzentriert achteten alle drei auf die Reihenfolge und näherten sich so langsam dem Meteoriten. »Gleich haben wir ihn«, rief Bob aufgeregt.

Doch in diesem Moment hallte eine Stimme durch die Tropfsteinhöhle: »Nein, Jungs. Gleich habe *ich* ihn.« Es war Jimmy Carson, der sich jetzt von der Höhlendecke abseilte. »Da staunt ihr, was? Es gibt nämlich nicht nur einen Weg zum Schatz. Von oben führt durch den Berg ein steiler Schacht direkt bis hierher. Ihr habt gut gekämpft, aber leider doch verloren. Das war knapp, würde ich sagen.

Ich schnappe mir jetzt den Meteoriten und die Million. Mein Glück, euer Pech.«

Den drei ??? stand der Mund offen. Sie konnten nur noch zusehen, wie Jimmy Carson den Meteoriten in seinen Rucksack packte. Dann schwang er sich an dem Seil durch den Raum und landete auf festem Boden. Als er bemerkte, dass die Fackel der drei Freunde langsam erlosch, zog er eine große Taschenlampe aus seinem Rucksack. »Ich glaube, damit können wir den Rückweg besser antreten. Ich lasse euch in der Höhle natürlich nicht allein. Dafür zeigt ihr mir, wie man hier rauskommt. Es ist nämlich unmöglich, an einem so langen Seil wieder nach oben zu klettern.«

Mit hängenden Köpfen balancierten Justus, Peter und Bob über die Säulen zurück. Dann reichte Justus dem Mann die Hand. »Sie sollen wissen, dass wir keine schlechten Verlierer sind. Es war knapp, doch Sie sind der Gewinner dieser Schatzsuche. Geben Sie mir die Taschenlampe. Wir wissen, wie man hier wieder rauskommt.« Schweigend gingen die drei Detektive denselben Weg zurück, den sie gekommen waren. Hinaus aus der großen Tropfsteinhöhle, durch den runden Raum mit den verzweigten Wasseradern und durch die

Hallen und Gänge. Schließlich standen sie alle im nassen Kies vor dem Floß.

Justus gab Jimmy Carson die Taschenlampe zurück. »Ich habe zwar keine Ahnung, wie Sie den Weg zum Schatz gefunden haben, aber gewonnen ist gewonnen. Natürlich nehmen wir Sie auf unserem Floß mit über den See. Wenn wir uns gleichmäßig verteilen und uns nicht großartig bewegen, dann wird es auch vier Personen aushalten und nicht kentern.« Der bärtige Mann klopfte Justus auf die Schulter. »Ihr seid wirklich faire Verlierer, Jungs. Wenn wir zurück sind, dann gebe ich euch ein Eis aus.« Bob blickte mürrisch auf den Boden. »Ist ja der Wahnsinn«, brummte er enttäuscht. »Statt einer Million gibt's ein Eis.«

Reine Gewissensfrage

Als die Schatzsuchertruppe mit dem Floß wieder durch die Felsöffnung glitt, wurden alle von der grellen Nachmittagssonne geblendet. Schützend hielten sie ihre Hände vor die Augen. Doch das, was sie dann sahen, hatte keiner von ihnen erwartet: Direkt vor ihnen trieb ein anderes Floß. Darauf befanden sich eine Frau mit kurzen blonden Haaren und ein junger Mann. Dieser hatte einen großen Rucksack auf dem Rücken, aus dem eine lange Antenne herausragte. Beide trugen T-Shirts mit der Aufschrift: Hit Radio California. Auf dem See verteilt trieben noch einige weitere Flöße. Es waren alles Teilnehmer der Schatzsuche. Auch Bruno und Violetta waren dabei. Doch die beiden hatten es noch nicht weit geschafft. Ihr Floß war in der Mitte halb auseinandergebrochen, und sie standen bis zum Bauch im Wasser. Wieder schimpfte der Glatzkopf seine Violetta aus.

Plötzlich zog die Frau mit den kurzen blonden

Haaren ein Mikrofon aus ihrer Tasche. »Unfass-
bar!«, rief sie begeistert. »Wir sind live dabei, wenn
die sagenhafte Schatzsuche ihr Finale findet. Ihr
hört Hit Radio California, und mein Name ist Janet
Maxwell. Sagt mir, dass es wahr ist! Habt ihr den
Schatz gefunden?«

Bob zeigte genervt auf Jimmy Carson. »Er hat
ihn gefunden.« Janet Maxwells Stimme überschlug
sich. »Unglaublich! Die Schatzsuche hat einen Sie-
ger. Ganz Amerika hat darauf gewartet, und wir
sind live dabei. Mein Name ist Janet Maxwell. War-
tet, ich komme zu euch rüber für ein exklusives In-
terview. Ihr hört immer noch Hit Radio California,
und ich bin Janet Maxwell.«

»Das wissen wir langsam«, grummelte Peter.

Die Reporterin sprang jetzt mit einem großen
Satz auf das Floß der drei ???. Ihr Mikrofon hielt
sie dabei fest in der Hand und steuerte direkt auf
Jimmy Carson zu.

»Achtung, nicht wackeln!«, schrie Justus. Doch
es war zu spät. Das überladene Floß kippte zur Sei-

te, und Jimmy Carson verlor das Gleichgewicht. Er taumelte nach hinten, stolperte über einen der Baumstämme und landete mit einem lauten Platschen im Wasser. Prustend und spuckend tauchte er wieder auf. »So ein Mist!«, schimpfte er. »Warum springen Sie denn einfach so auf unser Floß?« Janet Maxwell hielt jetzt das Mikro weit von sich weg. »Tut mir leid«, sagte sie kleinlaut. »Das konnte ich ja nicht ahnen.«

Peter bemerkte, dass Jimmy Carson mit dem schweren Rucksack auf dem Rücken Mühe hatte, über Wasser zu bleiben. »Schnell! Geben Sie mir Ihren Rucksack!«, rief er dem Bärtigen zu. »Der schwere Meteorit zieht Sie sonst in die Tiefe.« Etwas widerwillig trennte sich Jimmy Carson von seinem Rucksack und wischte sich anschließend das Wasser aus dem Gesicht. Doch dabei geschah etwas sehr Merkwürdiges: Sein Vollbart löste sich und trieb auf einmal im Wasser. Und auch die Haare mit dem Pferdeschwanz lösten sich vom Kopf. Darunter kamen kurze Stoppeln zum Vorschein.

Hektisch versuchte der Mann, sich die Perücke wieder aufzusetzen.

Doch es war zu spät. Justus hatte ihn erkannt. »Jetzt weiß ich, wer Sie sind. Ich kenne Sie von dem Foto in der Zeitung. Sie sind Forrest Fender persönlich. Sie selbst haben den Schatz versteckt, und darum ist es auch kein Wunder, dass Sie ihn so leicht gefunden haben. Einen Jimmy Carson gibt es gar nicht.«

Der Mann im Wasser seufzte tief. »Okay, ich gebe es zu: Ich bin Forrest Fender.«

Janet Maxwell fand ihre Stimme wieder. »Und warum haben Sie das alles inszeniert, wenn ich fragen darf?« Forrest Fender zeigte auf das Mikrofon, das die Radiomoderatorin immer noch weit von sich weghielt. »Wenn Sie Ihre Liveübertragung beenden, dann erzähle ich Ihnen alles«, sagte er leise. »Jetzt ist es sowieso zu spät.« Die Reporterin gab dem Techniker mit dem Rucksack auf dem anderen Floß ein Zeichen. Dieser zog daraufhin die Antenne ein. »Wir sind jetzt nicht mehr live«, sagte Janet Maxwell mit ruhiger Stimme. »Nun erzählen Sie uns die ganze Geschichte. Ich werde sehen, was ich dann daraus mache.«

Forrest Fender bemerkte, dass viele Flöße langsam auf sie zusteuerten. »Also gut, es ist eigentlich alles ganz einfach. Wie Sie wissen, bin ich Aktionskünstler, und die Schatzsuche ist mein neuestes Werk. Es sollte zeigen, wie die Welt in Atem gehalten wird, wenn es eine Million Dollar zu gewinnen gibt. Und ich wollte live dabei sein und habe deswegen die Rolle dieses Jimmy Carson gespielt. Das

Ganze war eine Kunstaktion. Sie sollte aufdecken, wie sich Menschen bei so viel Geld verändern. Ich habe viele Fotos von verschiedenen Szenen gemacht. Bilder von Menschen, die plötzlich ihre Partnerin oder ihren Partner beschimpfen. Von Menschen, denen für eine Million fast jedes Mittel recht ist.«

Peter hatte in der Zwischenzeit mit dem Magneten den vermeintlichen Meteoriten untersucht und mischte sich nun ein. »Und das Ding hier ist auch nur ein normaler Stein. Er ist nicht magnetisch. Das ist kein Meteorit. Er ist nichts wert. Sie haben alle an der Nase herumgeführt.« Forrest Fender sackte in sich zusammen und verbarg sein Gesicht in den Händen. »Ich wünschte, ich könnte alles rückgängig machen. Mir ging es dabei nie um Geld, denn ich bin als erfolgreicher Künstler sehr vermögend.«

Nachdenklich knetete Justus seine Unterlippe. »Moment mal, vielleicht ist das ja möglich?! Bisher ist niemand zu Schaden gekommen. Ich mache Ihnen einen Vorschlag, der für alle nur Vorteile bringt. Sie spielen als Wiedergutmachung weiter die Rolle von Jimmy Carson, und den Gewinn der Schatzsuche spenden Sie für einen guten Zweck. Die Bewohner von Rocky Beach, die Sie an der Nase herumgeführt haben, dürfen abstimmen, für welchen Zweck das Geld verwendet wird. Reich genug sind Sie ja. Dann hat die Schatzsuche schließlich doch noch etwas Gutes. Aber entscheiden Sie sich schnell, denn dort hinten kommen bereits neugierige Menschen herangepaddelt.«

Janet Maxwell verstand, was Justus vorhatte. »Alles klar, ich spiele mit. Aber nur, wenn ich die Story exklusiv für Hit Radio California verwenden darf. Ich gebe Ihnen zehn Sekunden Zeit für Ihre Entscheidung, Mr Fender. Dann gehe ich wieder live auf Sendung. Egal mit welcher Story.«

Forrest Fender hatte keine andere Wahl. Zerknirscht hob er den Daumen. »Okay, ich gebe mich geschlagen. Mir müsste nur bitte jemand die Perücke und den Bart aus dem Wasser fischen.«

Janet Maxwell gab ihrem Techniker ein Zeichen. Dann sprach sie in ihr Mikro. »Liebe Hörer von Hit Radio California. Eine Sensation bahnt sich an, und ihr seid live dabei. Soeben habe ich exklusiv erfahren, dass der Gewinner der sagenhaften Schatzsuche die unglaubliche Summe von einer Million Dollar für einen guten Zweck spenden wird. Mein Name ist Janet Maxwell, und gleich nach der Werbung geht es exklusiv weiter.« Anschließend kletterte sie zurück auf ihr Floß und zog mit Hilfe des Technikers den falschen Jimmy Carson zu sich. Perücke und den Bart hatte er sich wieder aufgesetzt und angeklebt. In den Händen hielt Forrest Fender den Rucksack mit dem falschen Meteoriten.

Als sich die beiden Flöße etwas voneinander entfernt hatten, rückte Peter an Justus heran. »Sag mal«, sprach er leise, »wollen wir wirklich bei so einer Flunkerei dabei sein?« Auch Bob kam jetzt dazu. »Ja, die Geschichte stimmt von vorne bis hinten nicht. Sollten wir da wirklich mitspielen?«

Justus lächelte seine beiden Freunde an. »Wie

gesagt, in diesem Fall gibt es keine Straftat und somit keinen Täter. Auch ist niemand zu Schaden gekommen. Alle sind glücklich darüber, wie die Geschichte ausgegangen ist. Eine Flunkerei ist es auf jeden Fall, aber diese Geschichte hilft Menschen mit einer Spende, die das Geld dringend brauchen. Die Million Dollar wird für gute Zwecke gespendet. Also, für mich geht das in Ordnung. Für euch auch, Kollegen?« Peter und Bob nickten zustimmend und hoben die Daumen.

»Alles klar«, grinste Justus. »Wir müssen über diesen Fall allerdings schweigen wie ein Grab.«

»Drei-Fragezeichen-Ehrenwort«, antworteten seine beiden Freunde im Chor.

ULF BLANCK ist 1962 in Hamburg geboren und lebt dort südlich der Elbe mit seiner Familie. Er schreibt seit dem Start für *Die drei ??? Kids* und produziert auch die Hörspiele. Nach dem Architekturstudium arbeitete er viele Jahre als Redakteur beim Radio. Außer Kinderbüchern schreibt Ulf Blanck auch Drehbücher und Theaterstücke. Geschichten zu erzählen, die er als Kind gern gelesen hätte, spornt ihn an. Die ehrenamtliche Mitarbeit in Kinder-Ferienzeltlagern hilft ihm bei seinem Wunsch, zehn Jahre alt zu bleiben. Seine Hosentaschen sind vollgestopft mit Dingen, die er auf der Straße aufgesammelt hat und die zu nichts zu gebrauchen sind, außer für schöne Geschichten.
Mehr über Ulf Blanck findest du unter **ulfblanck.de**

STEFFEN GUMPERT zeichnet schon sein ganzes Leben lang und verdient seit 2001 auch seine Schrippen damit. Am liebsten illustriert er Kinder- und Jugendbücher. Manchmal schreibt er auch selber welche. Nebenbei zeichnet er Comics und Cartoons für große und kleine Unerwachsene. Er lebt mit seiner Familie in Berlin.
Mehr über Steffen erfährst du unter **steffengumpert.de**